ゲーム初心者の真里姉が行く
VRMMO
のんびり?体験記
Game syoshinsya no marinee ga iku vrmmo nonbiri taikenki
Mebius World Online
Mebius World Online
医療用に研究されていた
フルダイブ技術を元に、
日本の大手企業が開発した
世界的にも珍しいVRMMORPG。
ちなみに略称はMWO。

エステル
女手一つで孤児院を経営しており、町のみんなから好かれる儚げなシスター。マリアを慕っており、怒るととても怖い。
ルレット
普段は露店で本物そっくりの人形を売っているおっとり口調のお姉さん。ゲーム内では生産職の集まりである"裁縫連盟"の長でもある。

秋月真里(マリア)
見た目は幼いけれども一番しっかりしているみんなのお姉ちゃん。現実世界ではとある理由で病弱ではあるが、ゲーム内では元気いっぱい。家族の勧めでMebius World Onlineを始めた。

秋月真希
秋月真里の妹。シスコン。引きこもりながら姉を支えるため投資の勉強をし、若くして投資家として成功を収める。直接人と会うとビビリだが、姉に甘く兄に強気でいる。
「料理でお姉ちゃんに勝とうなんて百年早いよ、真兄ぃは」
朝から賑やかだなあ
この弟妹は……
私は苦笑しながら、
二人を宥めた。
「聞き捨てならねえな真希」
秋月真人
秋月真里の弟。シスコン。姉の真里の為に医者を目指す姉思いな弟。真里の世話を学生ながら一手にこなす。しかし、家族の中では一番ヒエラルキーが低い。

ゲーム初心者の真里姉が行く
Game syoshinsya
no marinee ga
iku vrmmo nonbi
taikenki
VRMMO
のんびり？
体験記
1
Mebius
World Online
風雲 空
illustration 藻

口絵・本文イラスト　藻

CONTENTS

Game syoshinsya no marinee ga iku

vrmmo nonbiri taikenki

第一章▼▼真里姉と新しい世界

Mebius World Online。

医療用《いりょうよう》に研究されていたフルダイブ技術を基《もと》に、日本の大手企業《きぎょう》が開発した世界的にも珍《めずら》しいVRMMORPG。ちなみに略称《りゃくしょう》はMWO。

謳《うた》い文句は〝このゲームは現実を凌駕《りょうが》する〟という大胆《だいたん》なもので、ゲーム内では自然も人の五感もリアルに再現され、特にAIが動かしているというキャラクターの振《ふ》る舞《ま》いは、人よりも人らしいといわれている。

βテスト時には一千人のテスター枠《わく》に対し、その五十倍、五万人もの応募《おうぼ》がきたらしい。

当時はそれで随分《ずいぶん》と話題になったらしく、抽選《ちゅうせん》に当たった人はそれだけで周囲から羨望《せんぼう》を集めたみたい。

私はゲームに接する機会がなかったから、MWOがどれだけ凄《すご》いものなのか、抽選に当たった人の喜びとか、実は全《まった》く分からないのだけれどね。

そんなMWOは、βテストから半年の準備期間を経《へ》て、今から半月前に正式にサービスが開始されていた。正式サービス開始時の発行ソフト数は三万本。

βテストで話題になったせいで、正式サービスにおける倍率は百倍を超《こ》えたとか。そんな凄いソフトが、なぜか今私の手元にある。

私が買った物じゃないよ？

私の七つ下の妹の真希《まき》が、仕事の伝《つて》で入手したものだ。因《ちな》みに妹がこんなソフトを伝で入手できる仕事をしていることについては、未《いま》だに現実味がなかったりする。

「はあ……気は進まないけれど、真人《まさと》にも強く言われてしまったからなあ」

真人は私の五つ下で、家のことを切り盛りしてくれている頼《たよ》れる弟だ。そんな弟に『たまにはゲームでもして息抜《いきぬ》きしろよ』と真剣《しんけん》な表情で言われては断ることもできず、私はこうして押《お》し付けられたMWOをする羽目になった。

頼れる姉だと思えた頃《ころ》の私は、もう遠い彼方《かなた》だよ。

「文句を言っても始まらないか」

ソフトとセットで渡《わた》されたブラインドサークレットと呼ばれる、文字通りサークレットと目《め》隠《かく》しをセットにしたような器具を額に装着する。そのままベッドに横たわりMWOを起動すると、ふわっとした浮《ふ》遊感《ゆうかん》と共に意識が薄《うす》れていった。

気が付くと私は、太く白い柱で囲まれた古代ギリシャの神殿《しんでん》のような場所に居た。

柱は縦に細かな溝《みぞ》が彫《ほ》り込まれ、風化を感じさせる罅《ひび》が幾《いく》つもあるのに、その白さはまるで真新しい絵具で彩《いろど》ったかのように鮮《あざ》やかだ。

一瞬《いっしゅん》現実の続きかなと思ったけれど、床《ゆか》に広がっている物は柱と同じ石材ではなく、無数の歯車だった。大小様々な歯車が噛《か》み合い、動かしあっているその様子は、まるで高級な腕時計《うでどけい》を動かすムーブメントのよう。

現実にはありえない光景に、否応《いやおう》なくここがゲームの世界なのだと実感させられる。何より、自分の足で立っていることがその思いを強くさせた。

五感はとてもリアルで、私の鼓動《こどう》や息遣《いきづか》い、体温さえも現実と同じように感じられる。

待って、ゲーム初心者の私にいきなりこれはハードルが高いよ！

混乱し途方《とほう》に暮れてその場に蹲《うずくま》っていると、不意に明るい光が目の前に降りてきた。

光は床へ着いた瞬間《しゅんかん》に一際《ひときわ》強く輝《かがや》き、そして弾《はじ》けた。光が収束した後、そこにはゆったりとした光沢《こうたく》のあるトーガを纏《まと》った、男女の区別がつかない酷《ひど》く中性的な人が佇《たたず》んでいた。

身長は百七十センチくらいで、長い銀色の髪《かみ》に金色の瞳《ひとみ》。肌《はだ》は周囲の石材に負けず白く、透明感《とうめいかん》がある。世界中のモデルのパーツをいいとこ取りして緻密《ちみつ》に配置したようなその容姿は、美しいのだけれど、どこか人間味が薄く感じられた。

「ようこそ、Mebius World Onlineの世界へ。私はこの世界へいらした皆様《みなさま》の案内人、AIのザグレウスと申します」

片手を胸に当て、腰《こし》からの深いお辞儀《じぎ》が披露《ひろう》される。

「私は秋月真里《あきづきまり》といいます」

バイトの接客で染《し》み付いた癖《くせ》で、思わずお腹《なか》の辺りで両手を重ね深くお辞儀を返してしまった。

「これはご丁寧《ていねい》に、痛み入ります。しかし、貴女《あなた》があの……」

目を閉じ、考え込むように言葉を止めるザグレウスさん。何だろう、私の名前がどうかしたのかな？

思いがけない反応に不安を覚えていると、目を開けたザグレウスさんは私を安心させるように微笑《ほほえ》んだ後、頭を下げた。

「大変失礼致《いた》しました。秋月様のお相手をさせて頂きながら物思いに耽《ふけ》るとは、案内人失格ですね。さて、ここから先は現世《げんせ》とは別の世界となります。現世のお名前はここまでに、冒険者《ぼうけんしゃ》として、新たな世界での名前をお決めください」

ザグレウスさんがそう言うと、私の前に半透明《はんとうめい》の画面が現れた。

『新しい世界での名前を入力してください』


名前か……ありふれているけれど、私はシンプルに〝マリア〟と入力した。

苗字《みょうじ》の頭文字《かしらもじ》を名前の後ろにもってきただけの、何の捻《ひね》りもないネーミング。

けれどこのくらいの方が、マリアを私《私》だと認識《にんしき》しやすいからね。

決してネーミングセンスが壊滅的《かいめつてき》だからとか、そんな風に思ってはいけないんだよ？

「マリアさんですね。とても良い名前だと思います。では次に、貴女の新しい体を構築致しましょう」

ザグレウスさんがそう言うと、目の前に等身大の私が現れた。

身長は百四十センチ……に届いていると思いたい。腰まである色素の薄い髪に、肉の薄い体に細い手足。そしてコンプレックスの童顔もそのまま再現されていた。

甚《はなは》だ遺憾《いかん》ではあるけれど、これでは小学生と間違《まちが》えられるのも仕方がない。実年齢《じつねんれい》はちょっと言い難《にく》いけれど、でもこれだけは言いたい。

「どうして成長も止まっていたんだ私！」

我《わ》が身《み》を嘆《なげ》いていると、ザグレウスさんがそっと肩《かた》を叩《たた》いてくれた。

ありがとう。ただ慰《なぐさ》めてくれているのは分かるけれど、その容姿でされると傷口に塩を振りかけているのと一緒《いっしょ》ですよ？

溜息《ためいき》一つ。

私は気を取り直し、画面から体の大きさを調整してみた。

身長は高くも低くもできるみたい。でも一定の範囲《はんい》でしか変えられないようで、憧《あこが》れの高身長《こうしんちょう》にはなれなかった……無念。

それならと胸の大きさを変えようとしたら、『あなたはこのままで』という意味不明の文言と共に修正不可となっていた。

現実の体から著《いちじる》しく離《はな》れるような体型には調整できないという設定なのだろうけれど、『あなたはこのままで』って何！

一ミリも大きくできないとか悪意なの、虐《いじ》めなの⁉

いつの間にか七つ下の妹に胸の豊かさで負けていたから、この世界ではと思ったのに、あんまりだよ……。

私はガックリと頽《くずお》れ、もうどうでもよくなり体型を弄《いじ》るのは諦《あきら》めた。

代わりに少しだけ見た目を変えようと、髪の色は濡《ぬ》れるような黒を、瞳の色は澄《す》んだ青のような天色《そらいろ》を選んだ。これでだいぶ印象は変わるはず、だよね。

「お決めになられたようですね。それでは次に、新しい世界で生きるためのジョブを選んで頂きます」

「ジョブとは何ですか？」

「ジョブとは主にどのような戦闘《せんとう》を得意とするか、その方向性を定めた職業であるとご理解ください。生産職を希望される方もいますが、この世界では生産職というジョブは存在しません。代わりに生産を行うためのスキルがあるため、スキルの選択《せんたく》により生産をお楽しみ頂くことが可能となっています。スキルについては後程《のちほど》詳《くわ》しく説明致しますので、ご安心ください」

「そうですか……選択できるジョブには、どんなものがありますか？」

「初期で選択できるジョブは……」

言いながらザグレウスさんが両手を広げると、金色に輝く十一枚のカードが宙を舞った。

「まずは戦士《せんし》」

獅子《しし》の絵柄《えがら》の入ったカードが反転し、剣《けん》を持ち勇猛《ゆうもう》に戦う男性の絵が現れる。

「全ジョブの中でも近接攻撃力《こうげきりょく》の高さに秀《ひい》でています。体力もあるため、簡単に倒《たお》れることもありません。ネックは単体攻撃が多いため、大勢を相手にすることが苦手なことと、魔法《まほう》による攻撃に対する耐性《たいせい》が低い点が挙げられます。殆《ほとん》どの武器や防具を装備することができますが、その分重量があり必要となる筋力も多くなります」

言っていることの半分も分からないけれど、とりあえず力が強くないとダメなんだね。

「他には魔道士《まどうし》」

今度は山羊《やぎ》の絵柄の入ったカードが反転し、杖《つえ》を片手に炎《ほのお》を撒《ま》き散らす女性の絵が現れた。

「魔法の扱《あつか》いに長《た》けており、集団に対する殲滅力《せんめつりょく》は目を見張《みは》るものがあります。また様々な属性を操《あやつ》ることができるため、相手の苦手な属性に合わせて攻撃することで、より高いダメージを与《あた》えることができます。強い魔法には高い知力が要求されますが、体力や素早《すばや》さが低いため、防御力《ぼうぎょりょく》としては脆《もろ》い側面もあります」

さすがゲーム、魔法なんてあるんだ。そしてこっちは頭が良くないとダメか。

「他には……」

そのまま説明は続いていき、残り九つのジョブが紹介《しょうかい》されていく。

どんなものがあったかというと、聖職者《せいしょくしゃ》、騎士《きし》、盗賊《とうぞく》、狩人《かりゅうど》、召喚士《しょうかんし》、道化師《どうけし》、拳闘士《けんとうし》、楽師《がくし》、呪術師《じゅじゅつし》。

この中から好きなものを選べるらしいけれど、私の理解は全く追いついていませんよ？

どうしよう……ああそっか、聞けばいいんだ。

「あの、質問してもいいですか？」

「何なりと」

「力の強さも頭の良さも要《い》らないジョブって何ですか？」

「……え？」

ザグレウスさんの表情が固まった。あ、ちょっと反応が人間っぽい。

「失礼ですが、それはどういう意図《いと》による質問なのでしょう？」

「言葉の通りですよ？　私は力が無いですし、学校の成績も良くありませんでした。なのでそういう要素が必要のないジョブだといいなって。あ、加えて体力もないし運動神経もないので、それでもやっていけるジョブだと嬉《うれ》しいです」

「あの、現世のことは考えなくてもよいのですよ？　先程《さきほど》申しました筋力や知力といったステータスは、あくまでこの世界固有の物です。なりたい姿を想像しジョブを選んだ後、それに沿うようステータスを自由に設定することも可能なのですから」

「それだと私ではなくなりそうなので、今の私と乖離《かいり》しないジョブがいいです」

「……分かりました」

言いたいことは沢山《たくさん》ありそうな感じだったけれど、ザグレウスさんはそれらをぐっと呑《の》み込み了承《りょうしょう》してくれた。

「ご希望に沿うジョブでしたら、道化師、楽師、召喚士、聖職者が候補になるかと思われます」

「私は信心《しんじん》深くないので、聖職者は外してください。あと使役《しえき》する感じが馴染《なじ》めそうにないので、召喚士も」

「……………それでは道化師か、楽師となります。楽師はバフと呼ばれる仲間を支援《しえん》する技を多く覚えるため、チーム、いわゆるパーティーを組んで戦う際に重宝《ちょうほう》されるジョブで、お勧《すす》めですよ」

「チームですか……」

自分のことで手一杯《ていっぱい》になりそうな私には、ちょっと自信がないかな。となると、残りは一つなのだけれど。

「ちなみに武器？　ですけれど、どちらのほうが軽いですか？」

「扱う武器の種類にもよりますが、比較的《ひかくてき》道化師の方が軽い武器が多いですね」

「なるほど……あっ、そうだ。道化師の武器って、こういうのもありますか？」

私が考えていた物を伝えると『ありますよ』と答えてくれた。

良かった、これなら私にもまだ馴染《なじ》みがある。

「では道化師でお願いします」

「分かりました。それではジョブを道化師と致します。ジョブ固有の初期装備はアイテムボックスに入れてありますので、後程《のちほど》忘れずに装備してください」

頷《うなず》くと、次はステータスの設定となった。

「HPはダメージを受けると減少し、MPは一部のスキルや魔法を使うと消費します。そして満腹度《まんぷくど》はログインしている間徐々《じょじょ》に減少していきます。HPもMPも満腹度も、著《いちじる》しく低下すると体調が悪くなり、最悪死に至る場合もありますのでご注意ください。初期ステータスは現世の能力を反映したバランスになっています。一度ご確認《かくにん》ください」

視界に映る光るアイコンに触《ふ》れると、ステータスを表す画面が現れた。

(マリア：道化師 Lv1：ステータスポイント+10)

STR 1 VIT 1 AGI 1

DEX 10 INT 3 MID 4

「STRが力を、VITが体力を、AGIが素早さを、DEXが器用さを、INTが知力を、MIDが精神力を表します」

なるほど、これは確かに現実を反映しているね。特に身体能力的な面は納得《なっとく》の数値だ。

昔から手先は器用だったから、ＤＥＸが高いのはそのせいかな。

ステータスの合計は二十。もし他の人の合計も同じ数値だとすると、私の場合他に割《わ》り振るところがなかったからじゃないかと勘繰《かんぐ》ってしまう。

ステータス画面をよく見ると、右上に『ステータスポイント＋10』という表記があることに気付いた。

「その数値は貴女が自由に設定出来るステータスポイントになります。レベルが上がる毎《ごと》にポイントを取得できるため、強くしたいステータスにポイントを割り振ってください」

現実を鑑《かがみ》みて、私は全てＤＥＸに割り振った。結果はこの通り。

（マリア：道化師Lv1）
STR1　VIT1　AGI1
DEX10→20　INT3　MID4

「最後に特別な能力、スキルについて。スキルにはジョブスキルと共通スキルがあります。ジョブスキルはジョブ固有のもので、ジョブ専用の武器を用いて攻撃や補助等を行うことで練度《れんど》が上がり、武器に合ったスキルを覚えていきます。共通スキルは皆様が共通で取得できるスキルで、鍛冶《かじ》や裁縫《さいほう》、料理といった生産スキル等《など》がこちらに該当《がいとう》します。覚えたスキルはレベルが設定されており、練度が一定値に達することでレベルが上がり、攻撃系のスキルであれば威力《いりょく》が上昇《じょうしょう》し、生産系のスキルであれば生産効率や品質の向上が見込めます。どちらもスキルを取得する際にスキルポイントが必要となりますが、スキルポイントはレベルアップ時、及《およ》びイベントやクエストによって入手できます」

「共通スキルはどうやったら覚えられるんですか？」

「Mebius World Onlineの住人から教えてもらうことができます。それは一部のジョブスキルについても同様です」

共通スキルは覚えるじゃなくて、住人から教えてもらえる、なんだね。

「説明は以上となりますが、何かご質問はありますか？　特になければ、始まりの街となるエデンへと転送致します」

「そのエデンに着いたら、何をしたらいいんですか？」

「何でも。冒険《ぼうけん》に出て強くなるのも、生産に没頭《ぼっとう》するのも自由です。貴女のしたいことを、思うままに。ただ、一つだけ案内人としてアドバイスさせて頂けるならば、Mebius World Onlineの世界も、現世と同じです。因果《いんが》は巡《めぐ》り、皆様の行動が世界を変える可能性があることを、どうか心の片隅《かたすみ》にお留《と》め置きください」

これまでの社交的な説明とは異なり、最後の言葉はなんというか、ザグレウスさんの想《おも》いが感じられた。言われたこと、忘れないようにしないとね。

この時の私はもう、ザグレウスさんのことを人としか思っていなかった。

そして、足元に円形の幾何学模様《きかがくもよう》が浮《う》かんだかと思うと、私は一瞬にしてその場から転送されていた。


転送先は、石造りの建物が目立つ中世ヨーロッパを模《も》したような街だった。

現実世界とは異なり、建物は高くても三階建て。それぞれの外観に違《ちが》いはあまりなく、代わりに飾《かざ》る花を変えたり、扉《とびら》に意匠《いしょう》を加えることで個性を出している。

日本とは違う古風な街並みなのに、どこか懐《なつ》かしく感じるから不思議だね。

転送先が共通なのか、物珍《ものめずら》しそうに辺りを見ている人も少なくない。

そんな人達を横目に、私は腕《うで》を持ち上げ、一本ずつ確かめるように指を動かし、恐《おそ》る恐るその場で足踏《あしぶ》みをした。

最初は違和感《いわかん》があったけれど、記憶《きおく》の深いところで覚えていたんだろうね。動かす度《たび》に、記憶と体のズレが縮まっていく。傍《はた》から見たら不審者《ふしんしゃ》のように映ったただろうけれど、そんなこと気にならないくらい、私は動ける喜びを噛み締《し》めていた。

その余韻《よいん》をもっと楽しんでいたかったけれど。

「人が多過ぎだよ……」

時間帯のせいか、ログインしてくる人でいつの間にか周囲はごった返していた。人混みを抜《ぬ》けようとしたけれど、まだ覚束《おぼつか》ない足取りのせいで何度も人にぶつかってしまい、その度に謝《あやま》った。

そんなことを繰《く》り返し、いい加減謝り疲《つか》れてきたところでようやく人気の少ない通路に出られた。小さい体でなかったら、抜け出すのがもっと大変だったかもしれないね。

……言わないで、自爆《じばく》なのは分かっているから。

私がいる通路からは、窓で景色を切り取ったかのように、街の大通りの一部が見えた。その切り取られた景色の中を、沢山の人が行き来している。多くは冒険者らしく、楽しげに、あるいはやる気に満ちた表情で足早に通り過ぎて行く。

私とは時の進む速さが違うように感じられて、なんだか気後《きおく》れしていると通路の奥《おく》から声が聞こえてきた。ただの声なら気に留めなかったと思うけれど、それが子供の、しかも泣き声となれば話は別。

近付くとそこには、泣きじゃくる赤茶色の髪をおさげにした小さな女の子と、その子を宥《なだ》めるお爺《じい》さんの姿があった。

「どうかなさいましたか？」

声をかけられ驚《おどろ》いた様子のお爺さんだったけれど、よほど困っていたのか、見知らぬ相手にも拘《かか》わらず事情を話してくれた。

「この子はわしの孫で、親が猟《りょう》に出掛《でか》けている間、預かっていたんじゃ。最初は寂《さび》しさを我慢《がまん》していたようじゃが、親の戻《もど》りがいつもより遅《おそ》く、耐《た》えられなくなってしまったようでの」

「そうだったんですか……」

親が側《そば》にいない寂しさは、私にも覚えがある。他人事《ひとごと》に思えず女の子を良く見ると、その手には紐《ひも》のような物が握《にぎ》られていた。植物の繊維《せんい》を撚《よ》って作られたのか、紐というか縄といった感じで、女の子が持つにはちょっとそぐわない気がする。

すると私の視線に気付いたのか、お爺さんが教えてくれた。

「これは孫にねだられた父親が、猟で使う縄を子供でも扱えるよう細くして与えた物じゃ」

この子がねだったということは、同じことをしたかったのかな。もしくは子供心に少しでも手伝えるように、とか。

きっと、それだけ尊敬できる親御《おやご》さんなんだろうね。

私は女の子の前に屈《かが》むと、真《ま》っ直《す》ぐ見つめて話しかけた。

「私の名前はマリアというの。あなたの名前を聞いてもいいかな？」

突然《とつぜん》現れた私に警戒《けいかい》した様子だったけれど、おかげで泣き止《や》んだから良しとしよう。

女の子は戸惑《とまど》いながら、それでもお爺さんが頷いたのを見て、応えてくれた。

「……ニナ」

「教えてくれてありがとう。ニナが手にしているのは、とても大事な物なんだね」

「……お父さんが、作ってくれたの」

「お父さんが作ってくれたんだ。それなら、涙《なみだ》で濡らさない方がいいんじゃないかな？」

「え？　あっ」

胸の前に置かれた手は頬《ほお》を伝った涙が落ちる真下にあり、涙が指の間から縄に染み込んでいた。

ニナが驚いている間に、親指の腹で目尻《めじり》に残った涙を拭《ぬぐ》う。

「これでもう濡れたりしないね」

私がそう言って微笑むと、ニナは恥《は》ずかしそうに顔を俯《うつむ》けた。

可愛《かわい》い反応だなあ……でも、せっかくなら。

「よければそれ、お姉さんに見せてもらえないかな？」

涙で湿《しめ》った縄を指差すと、ニナはしばらく悩《なや》んでから、そっと手渡《てわた》してくれた。

「ありがとう」

お礼を言って受け取ると、それは私が試そうとしていることに丁度良い長さだった。

縄の端《はし》と端を軽く結んで大きめの輪を作り、両手の指先に引っ掛《か》けて、とっては外し、とっては外しを繰り返す。上手《うま》くできるか不安だったけれど、指先は迷いなく、淀《よど》みなく動いてくれた。

私がやろうとしていることは、あやとり。

昔は弟妹《ていまい》の前でよく披露したけれど、再びする機会があるとは思わなかったな……。

懐かしさを感じつつ出来上がったのは、はしご。

「うわぁ！」

驚くニナの声に明るさが混じっているのを感じて、はしご二段、はしご四段、はしご八段、はしご十段と続けていく。

段が上がる度にニナの声は明るさが増し、十段が完成する頃になると笑顔《えがお》を浮かべはしゃいでいた。

こう反応が良いと、私まで楽しくなってくるね。

調子に乗って星や蝶《ちょう》、思い出せるものを片《かた》っ端《ぱし》から作っていると、お爺さんも楽しそうにしていた。

「いやはや、お前さん冒険者のようじゃが、もはや【操術《そうじゅつ》】の域を超えた腕前《うでまえ》じゃな。孫もわしも、楽しませてもらった。これは何か礼を……そうじゃ！」

知らない言葉に首を傾《かし》げ、お爺さんの叫《さけ》び声にビクッとしていると、不意にメッセージが届いた。

『【操糸《そうし》】のジョブスキルが取得可能となりました』

「……え？」

「わしも衰《おとろ》える前は、少しは名の知れた猟師《りょうし》だったんじゃ。そのわしから見ても、お前さんなら十分扱えるじゃろう」

「いや、扱えるって」

そもそもスキル自体を良く分かっていない私には、そんなことを言われても混乱するだけですよ？

けれど私を置き去りに、事態はそれだけで終わることがなく……お爺さんが言い終えた直後、なんと猟を終えたニナの親御さんが帰ってきたのだ。

ニナはとても喜んでいたし、それは良いのだけれど……。

お爺さん、どうしてニナの親御さんに私を『良い猟師になる』なんて紹介したんですか？

孫の相手をしてくれたお姉さん、だけで十分だったんですよ⁇

それを聞いた二人は感激した様子で『自分達も何かお礼をしたい』と言い出し、私は縄を使った猟のやり方と立体的な動き方を、ニナのお父さんとお母さんから半ば強制的に教わることになった。

断る余地なんてどこにもなかったよね、うん。

そしていまさらだけれど『親が猟に出掛けている』って、お母さんも一緒だったんですね……。


笑顔で手を振るニナとその家族の見送りに、私は引き攣《つ》った笑顔を浮かべ応えた。

さっきは教わると表現したけれど、実際はそんな生易しいものじゃなく、むしろ叩き込まれたという表現が合っていると思う。まあ、おかげでだいぶ体を動かせるようになったから、有り難《がた》い気持ちもあるんだけれどね。

ニナ一家と別れてから、私は再び人混みを避《さ》け街の中を歩いた。

街に着いてから怒涛《どとう》の展開で、どこか落ち着ける場所に座《すわ》ってゆっくりしたい……そう思っていたら、教会のような建物が目に入ってきた。

周囲より少し背の高いその建物は、屋根に天秤《てんびん》に似たシンボルを掲《かか》げている。

きっとこの世界の神様を象徴《しょうちょう》する物なんだろうね。

でも何だろう、あまり大事にされていないような？

壁《かべ》は元の白さが窺《うかが》えない程《ほど》くすんでしまっているし、庭の草も伸《の》びっぱなし。

「この世界でも宗教離《ばな》れとかあるのかな？　けれど静かなのは助かるし、ちょっと休ませてもらおう」

さすがに教会の中に入るのは躊躇《ためら》われたので、私は庭の片隅《かたすみ》にぽつんと立っている樹《き》の根本に座り込んだ。思ったより疲れていたのか、どっと疲労感《ひろうかん》が押し寄せてくる。

「疲労は現実で十分味わっているから、こんなところまでリアルに再現しなくてていいのに」

愚痴《ぐち》を言いながら、私はザグレウスさんに言われたことを思い出した。

「そういえば、装備をもらっているんだった」

視界の端に映る宝箱のようなアイコンを押すと、画面が起動し持っているアイテムが表示された。中身は【初心者の糸】が二つに【初心者の防具セット】、【ＨＰポーション】が十個と【携帯食《けいたいしょく》】が五個、所持金が千Ｇ。

とても分かりやすいネーミングで好感が持てるね。お金はこれがどのくらいの価値を持つのか分からないから、気軽に使うのはちょっと怖《こわ》い。

とにかく、まずは装備をすればいいのかな？

初心者の防具を装備すると、少し厚手の綿のシャツとロングパンツに替《か》わった。ちなみに装備前はアンダー扱いの麻《あさ》のシャツとショートパンツ。

上下共、袖《そで》も丈《たけ》の長さもぴったりなのはさすがゲームだね。

「あっ、重くない」

立ち上がって足踏みしたけれど、装備する前と比べても動きに違和感がない。

良かった、初心者用の防具ですら装備できないんじゃないかと、少し不安だったから。

「次は【初心者の糸】だけれど……」

うん、普通《ふつう》に糸でした。一応武器扱いになっているし、できるだけ軽い物が良いとお願いしたけれど、こんなにも糸過ぎるのはさすがに予想外だよ。

ニナの両親から縄を使った猟のやり方は教わったけれど、こんな糸でも良いのかな？

とりあえず引っ張っても切れる感じはしないから、丈夫《じょうぶ》ではあるみたい。私の筋力で試《ため》したからどこまで当てになるかは疑問だけれど。

「どうしたものかな……そういえば、ジョブスキルが取得できるんだっけ」

お爺さんに言われた言葉を思い出し、スキルの画面を四苦八苦しながら探し起動すると、そこには【操糸】の文字が灰色で表示されていた。


【操糸】

糸状の物を自在に操ることができるようになる。

精度と強度はステータスに依存《いぞん》し、操る糸の距離《きょり》と本数はスキルレベルに依存する。


うん、私にはこの説明だとその有用性が分からないね。

「もっとゲーム初心者にも優《やさ》しい説明だと嬉しいんだけれど」

取得に必要なスキルポイントは二で、最初に与えられたスキルポイントは二十。

お爺さんから貰《もら》ったスキルだし、取ってみようかな。スキルポイントに余裕《よゆう》はあるしね。


『【操糸】を取得しました』


灰色だった【操糸】の文字が白くなった。さて、どうなるだろう。試しに初心者の糸に念じてみると、糸の先端《せんたん》がふわふわと宙《ちゅう》に浮かび上がった。

「おお、ファンタジー」

これで少しは道化師っぽいことができるかな？

スキルは思ったより使い勝手が良く、私の意図した通りに糸が動いてくれた。

これはDEXが高いおかげかもしれないね。DEXは器用さを表すって、ザグレウスさんも言っていたし。

宙に花や犬や猫《ねこ》を糸で次々描《えが》いていると、不意に声をかけられた。

「なんだそれ！　すっげえ！」

八歳《さい》くらいの男の子が、近くからキラキラした目でこっちを見ている。

近寄られたのに気付かないくらい没頭《ぼっとう》していたのが少し恥ずかしい。

男の子の茶色い髪はボサボサで、ちょっと太めの眉《まゆ》が前髪《まえがみ》の間から覗《のぞ》いている。

手足は私並みに細く、着ている服は至る所に継《つ》ぎ接《は》ぎがされていた。

私の中にあるスラムの子供、というイメージそのままだ。

「なあ、これどうやっているんだ？」

宙に浮く糸に指先で触れながらため口で聞いてくるけれど、私はお姉さんだからそんなことで怒《おこ》ったりはしない。

「私のスキルだよ。こんな感じに、糸状の物を自由に動かせるみたい」

少し工夫《くふう》して新たに熊を立体的に描き、それを男の子に向かってけしかける。

「うわあっ！」

ぶつかる直前でぱっと元に戻すと、男の子は呆気《あっけ》にとられ目をぱちくりしていた。

狙《ねら》い通りの反応に私はしたり顔を浮かべ……なんてことはないからね、本当だよ？

「私はマリア。君の名前は？」

年上の余裕をもって、優しく尋《たず》ねる私。

「俺《おれ》はヴァン！　お前小《ち》っこいのにやるな！」

簀巻《すま》きにしてあげようかな……いやいや、さすがにそれは。

頭の中で白い私と黒い私が取っ組み合いをしている間に、ヴァンは一人はしゃいでいる。

「そんなに騒《さわ》いでどうしましたか、ヴァン」

教会の扉が開いて現れたのは、修道服に身を包んだシスターだった。身長は百六十センチくらいで、年齢《ねんれい》は二十代半ばかな。優しそうで、少し儚《はかな》げな雰囲気《ふんいき》のある美人さんだ。

「シスターエステル、こいつ凄《すご》いんだよ！　糸がぐにゃぐにゃ動いたと思ったら、いろんなもんになるんだ！」

「あらあら、凄いことは分かりましたから、先にこの子のことを紹介してくれますか？」

「あ、私は」

「こいつはマリアっていうんだ！」

どうして君が答えるのかな？

「マリアちゃんですね。あなたのような可愛らしい子がこんな場所に一人でいるなんて……ああ、あなたも事情があってここに来られたのですね」

ぐっ、初対面の人に迷いなく〝ちゃん呼び〟されるとは。

私の見た目はそんなに子供ですか？　そうですか……。

「……事情といわれると、まあ、そうですね？」

静かな場所を探していたことを思えば、間違ってはいないはず。

「やはりそうでしたか……大丈夫《だいじょうぶ》、もう心配はいりませんから」

目の前で身を屈《かが》めたと思ったら、エステルさんが両手で私の頭を包み込むように抱《だ》きしめてきた。

えっ、何で急に抱きしめてきたの⁉

混乱する私を無視して、話が勝手に進められていく。

「ちょうどお昼の時間ですし、一緒に食べましょう。他の子も紹介しますね。大丈夫、皆《みんな》良《い》い子ばかりですから」

立ち上がったエステルさんに手を握られ、私は問答無用《もんどうむよう》で教会の中に連れて行かれたのだった。

教会の中は、天秤のシンボルが部屋の奥に祀《まつ》られている以外、長椅子《ながいす》が数脚《すうきゃく》あるだけの殺風景《さっぷうけい》なものだった。床《ゆか》は板張りで歩く度にギシギシと音が鳴り、痛んでいるのか隅《すみ》の方にはいくつか穴も開いている。

お世辞《せじ》にも余裕があるようには見えないし、それに私の手を握ってくれたエステルさんの手は……。

胸が締め付けられるような気持ちになっていると、エステルさんの周りに子供達が集まってきた。年齢は四歳から八歳くらいかな。人数はヴァンを含《ふく》めて十二人、男の子が七人に女の子が五人。この子達の中ではヴァンが最年長のようで、エステルさんに集まる子供達を大人しくさせていた。ちゃんとお兄ちゃんしているなんて感心だね。

「すぐご飯を用意しますから、皆はヴァンの言うことを聞いて良い子にしているのですよ」

「「「はーい！」」」

元気な返事にエステルさんが笑《え》みを見せ、入って右側にあった扉を開け出ていく。残されたのは子供達と私。そして見知らぬ私を子供達が放っておいてくれるはずもなく。

「あなたはだあれ？」

「きれいなかみ！」

「どこからきたの？」

「ちいさい！」

最後に言ったのは誰《だれ》かな？

小さいのはお互《たが》い様《さま》でしょう！

……いやいや、そこで熱くなってどうする私。おかしい、息抜《いきぬ》きで始めたはずが余計に疲れてない？

「こいつはマリアっていうんだぜ！　そんで糸で色んな物を作れるんだ！」

ちょっとヴァン、そんなことを言ったら。

「「「みたい！」」」

ああ、やっぱりこうなる。そしてヴァン以上にキラキラした曇《くも》りのない目で皆から見つめられ、私にはその要求を断ることができなかった。

「皆、ご飯ができましたよ。あら、大人しいと思ったら」

エステルさんが両手で鍋《なべ》を持ち戻ってきた時、私は糸で紙芝居《かみしばい》、いや糸芝居《いとしばい》？　をしているところだった。

お題は〝おおきなかぶ〟。

おじいさんが大事に育てた大きなかぶを、皆に手伝ってもらいながら抜くというシンプルだけれど、不思議と記憶に残っていた物語。

最初いくつかの動物を描いていたら、ヴァンが『さっきの熊みたいに動かして！』と言い出し、難易度が上がってしまった。

ちゃんと動かせるようになるまで時間がかかったけれど、その過程さえ子供達は楽しそうに見てくれて。私はつい嬉しくなり、ただ動かすのではなく物語を描くことにした。それが〝おおきなかぶ〟で、さすがに文字までは再現できなかったので、記憶を頼《たよ》りに台詞《せりふ》を口にすると、皆一言も喋《しゃべ》らず食い入るように見て、聴《き》いていた。

紙芝居が終わると、一瞬《いっしゅん》の間をおいて子供達が口々に、

「すごいすごい！」

「おもしろかった！」

「こんなのはじめてみた！」

「ちいさいのにえらい！」

と歓声《かんせい》を上げてくれたけど、さっきから『ちいさい』って言っている子は出ておいで？

大丈夫、お姉さん怒らないから……多分。

「ありがとうマリアちゃん。子供達がこんなに楽しそうに笑うなんて、久しぶりです」

微笑《ほほえ》ましそうな眼差《まなざ》しを向けながら、エステルさんが鍋を置く。その後は私とヴァンがエステルさんを手伝って、パンと木皿《きざら》と木匙《きさじ》を持ってきて、子供達に配り食事となった。

鍋の中身はスープで、野菜の切れ端を煮て塩で味付けしただけの質素なものだった。

パンも酸味のある黒パンで、日持ちをさせるためか、かなり硬《かた》い。

これ、本当に食べられるの？

私が疑問に思っている間にも、子供達は元気よく硬いパンに齧《かじ》りつき、美味《おい》しそうにスープと一緒《いっしょ》に味わっていた。皆丈夫《じょうぶ》だなあ。

私が黒パンをスープに浸《ひた》し軟《やわ》らかくなるのを待っていると、子供達を見守るエステルさんの姿が目に入った。その手はいつの間にか空になっていた木皿を持っている。ああ、なんて既視感《きしかん》のある光景だろう。


食後、私は子供達の相手をヴァンに任せ、エステルさんと一緒に食器の片付けをした。

その際、エステルさんが私のことを教会に捨てられた子供だと勘違《かんちが》いしていたことが発覚し、ずいぶんと謝られてしまった。

ただ年齢については『背伸《せの》びしたい年頃《としごろ》ですからね』という感じで、信じていない様子だったけれど……。

やがてお腹《なか》が膨《ふく》れ子供達がお昼寝《ひるね》をし始めた頃《ころ》、私はエステルさんに見送られ教会の入り口に立っていた。

「お昼、ごちそうさまでした。美味しかったです」

「こちらこそ子供達の相手をしてくれて、ありがとうございました。それと勘違いしてしまい、すみませんでした」

「いいえ。勝手に敷地《しきち》に入った私も、悪かったですから」

私がそう言うとエステルさんは小さく笑い、それから少し躊躇《ためら》った様子を見せ、言葉を続けた。

「マリアちゃんは冒険者《ぼうけんしゃ》、なのですよね？」

「……そう、らしいです」

未《いま》だに自覚がなく、少し間ができてしまった。変に思われていないよね？

「それなら、もしよければ冒険者ギルドの職員、アレンさんにこの【手紙】を届けてもらえないでしょうか」

その手にあるのは、丸められた巻物のような物で、多分紙じゃなくて羊皮紙《ようひし》かな？

『クエスト、〝教会の窮状《きゅうじょう》〟が発生しました。クエストを受けますか？』

クエストって、確か仕事の依頼《いらい》みたいなものだったかな。真人にゲームを始める前に言われたことの一つだった気がする。手紙を届けるという簡単そうな依頼で、報酬《ほうしゅう》は二十G。

変わらずこちらに微笑《ほほえ》んでいるエステルさんを見て、私は決めた。


『クエストを拒否《きょひ》しました』


「あっ……そうですよね、こんなこと急に頼《たの》まれても」

少し悲しそうな顔をするエステルさんの手から、手紙をひったくるように奪《うば》う。

慌《あわ》てる顔はちょっと可愛くて、思わず口元《くちもと》がほころんだ。

「届けますよ、手紙。でも仕事としては嫌《いや》です。これくらいのことにお金を使うなら子供達と、そしてエステルさんのために使ってください」

私はアイテムボックスから所持金の千Gと、【携帯食】を五個全部取り出して、エステルさんに渡《わた》した。

「食事、エステルさんだけ食べてなかったですよね？　それに握ってもらった手の感じ、ここ数日だけのことじゃないと思うんです」

「マリアちゃん……」

「エステルさんが無理して倒《たお》れたら、子供達が悲しみます。それにもしそうなってしまったら、子供達だけで暮らしを支えないといけない。それは本当に、大変なんですよ」

「マリア、ちゃんっ」

エステルさんの目から、涙が溢《あふ》れていた。ずっと一人で気を張っていたんだろうね。膝《ひざ》をついてくれたおかげで身長差が埋《う》まり、今度は私がエステルさんの頭を抱きしめた。

「大変ですよね、お姉さんって」

エステルさんの涙が、私の服に染み込む。

「弱っているところを見せれば子供達を不安にさせてしまうし、頑張《がんば》っても頑張っても終わりが見えないし、助けてくれる人は誰もいない」

背中を撫《な》でてあげると、泣き声が徐々《じょじょ》に小さくなり、鼓動《こどう》が落ち着いてきたように思う。

「だからエステルさんは、私が助けます。私もお姉さんだから」

はっとした様子で顔を上げたエステルさんは、私の顔をどこか熱の籠《こ》もった目で見つめていた。もう、大丈夫そうだね。

「手紙、ちゃんと届けます。届けたらまた来ますね」

私はエステルさんを立たせると、アイテムボックスに手紙をしまいその場を後にした。

颯爽《さっそう》と立ち去りたかったけれど私のＡＧＩでは無理なことで、長いことエステルさんの視線を背中に感じたのがちょっと恥ずかしかった。締《し》まらないなあ、私。

冒険者ギルドの建物は大きく、また街の中央にあったためすぐに見付けることができた。見た目は大きな商館《しょうかん》といった装《よそお》いで、訓練用と思われる広場と作業場が併設《へいせつ》されており、多くの冒険者が出入りし非常に賑《にぎ》わっていた。

私は気合を入れて人の流れに乗り、冒険者ギルドの中に足を踏《ふ》み入れた。中に入ると、左手に大きな掲示板《けいじばん》が置かれ、中央には複数のカウンター、右手には中央の半分くらいのカウンターが並んでいる。掲示板には多くの冒険者が集まっていて、議論なのかただの言い合いなのか、かなり騒がしい。

中央のカウンターにも人は集まっているけれど、こちらはまるでアイドルの握手会《あくしゅかい》に参加するような感じで、受付嬢《うけつけじょう》の前に多くの冒険者が列をなしていた。確かに受付嬢は美人さんばかりだし、人気があるのも分かる。でも私としては、優しくて健気《けなげ》なエステルさんの方が美人に思えるけれど。

「アレンさんって、名前からして男の人だよね」

中央の受付は女の人ばかり。そこで右手のカウンターを見ると、数人の男の人が受付をしていた。てくてく歩いて近寄り、最初に目についた緑色の髪《かみ》をざっくりカットした男の人に尋《たず》ねてみた。

「すみません、こちらにアレンさんっていう方はいますか？」

「ん？　アレンなら俺だけど、どうしたんだい小さな冒険者さん」

「小さな、は余計です」

事実かもしれないけれど、それを面《めん》と向かって言うかな？　接客業でしょうに。バイトで叩《たた》き込まれたマナー研修を思い出し、そのなってなさにふつふつと怒《いか》りが込み上げてくるけれど、我慢《がまん》我慢。まずはエステルさんから頼まれたことを済ませないと。

「エステルさんからアレンさん宛《あて》に、これを預かってきました」

アイテムボックスから手紙を取り出し、アレンさんに渡す。

「エ、エステルさんから⁉」

アレンさんは手紙を受け取るや、慌てた様子で内容を確認《かくにん》していた。何やら難しい顔をしているけれど、頼まれたことは終わったし、騒がしいこの場から早く立ち去りたい。そう思い背中を向けたところで、声をかけられた。

「待ってくれ。冒険者と見込んで君に、マリアちゃんに頼みがある」

「私に？」

「そうだ。俺個人としての依頼なんだけど、【ボアの肉】を二十個集めてきてくれないか」

『クエスト、〝アレンの差し入れ〟が発生しました。クエストを受けますか？』

またクエストだった。クエストってこんなに頻繁《ひんぱん》に出るの？

内容は【ボアの肉】を二十個集めてアレンさんに渡すというものだけれど、報酬が二百G、つまり一個十G。

えっと、これってどうなんだろう。

断《ことわ》りをいれて、掲示板に移動し端っこから覗いてみると、同じような依頼で【ボアの肉】を十個集めれば四百Gとある。

「…………」

つかつかと戻り、私は冷《ひ》え冷《び》えとした声を出していた。

「ぼったくりですか？」

「ち、違うんだ！　これには訳があって!!」

じとっとした目を向けた先、アレンさんが必死に説明してくれるけれど、事情と感情をごちゃ混ぜにして話すから要領を得ない。

要約すると、エステルさんと子供達《たち》のために食料を贈《おく》りたいけれど、ギルド職員の男性受付のお給料は安く、手持ちのお金で出せるのは二百Gということらしい。

「う、嘘《うそ》じゃないぞ！　本当にこれしかないんだ!!」

疑いの目を緩《ゆる》めない私に、アレンさんが財布《さいふ》をひっくり返しカウンターの上にお金を出す。Gって初めて現物を見たけれど、丸くて五円玉と同じ黄銅色《おうどういろ》をしているんだね。小山になったそれは、画面越《ご》しに見ると確かに二百Gと表示されていた。

「エステルさん達のためと言われるとなあ」

ボアって、確か猪《いのしし》のことだっけ。その肉を獲《と》ってくるってことは、戦わないといけないよね？

私に倒せるかな……というかそもそも戦えるのかな？

糸芝居《いとしばい》のおかげで【操糸《そうし》】はスキルのレベルが三つ上がって四になり、同時に糸を二本操《あやつ》れるようになっていた。肝心《かんじん》のレベルは上がっていないけれど、ニナの両親に教わったことを活《い》かしなんとかなると思いたい。

「はあ……ボアの特徴《とくちょう》と現れる場所を教えてください」

「それじゃあ！」

『クエストを受領しました。【ボアの肉】0/20』

それからボアについてアレンさんから知っている限りの情報を教えてもらい、私はお金もないので寄り道せず、街を東に抜け《ぬ》〝試《ため》しの森〟へと向かった。試しというからには、きっと初心者向けなんじゃないかな?

そんな軽い気持ちで街を出て歩くこと十分。〝試しの森〟は想像よりも樹が多く、森《もり》っとしていた。

木の葉で光が遮《さえぎ》られているせいか中は薄暗《うすぐら》く、入るのが若干躊躇《じゃっかんためら》われる。

「でもこれだけ樹があれば、突進攻撃《とっしんこうげき》はしにくいよね」

ボアの攻撃手段は、突進と噛《か》みつきの二つだけ。私はVITもAGIも少ないけれど、アレンさんの情報が正しければなんとかなりそうな気がする。

「そのためにも、戦う場所は慎重《しんちょう》に選ばないと」

私が選んだのは、前後左右に立派な樹が生えている場所だった。

一本の糸を樹々《きぎ》に絡《から》ませ、結界のように巡《めぐ》らせる。私はその中に入り、もう一本の糸は樹の上から垂《た》らし、いつでも仕掛《しか》けられるように待機させた。

「今更《いまさら》だけれど、これは道化師《どうけし》の戦い方ではないような……」

ニナのお父さんは縄を使った罠猟《わなりょう》を主にしており、そのうちの一つがこのやり方だった。私の思う罠猟って、輪のついたロープを地面に設置し、獲物《えもの》が引っかかるのを待つというものだったけれど、それだと時間がかかるし、他に取れる手段もないから仕方ないよね。

そうして待つこと、数分。樹の陰《かげ》からボアがのっそりと姿を現した。体長は一メートルくらいで、焦《こ》げ茶色《ちゃいろ》の毛で覆《おお》われた体はずんぐりとしている。突進なんて受けたら、私の体だとお見せできないような状況《じょうきょう》になってしまうんじゃないかな。

「ブモォオオ！」

私を餌《えさ》と認識《にんしき》したのか、こちらに駆けてくる。ゲームとは思えない迫力《はくりょく》に、私は思わず腰《こし》が引けた。けれど選んだ場所のおかげか、ボアは真っ直ぐ走れずその速度はだいぶ殺されている。そして糸の結界に入ると、糸に捕《と》らわれながらも私に噛みつこうと必死に口を前に出してきた。

私はそこに、頭上から降ろした二本目の糸をボアの首に巻き付け、そのままぐっと持ち上げた。

「グモォオオッ」

足を固定された状態で首を吊《つ》られ、ボアが涎《よだれ》を撒《ま》き散らしながら逃《に》げようとするけれど、糸は暴れる程に絡《から》みついていく。そしてボアのＨＰがみるみる減っていき、最期《さいご》は光の粒《りゅう》子《し》となって砕《くだ》け散り、無事【ボアの肉】を手に入れることができた。

「ふうぅ……ＳＴＲがなくて不安だったけれど、【操糸《そうし》】のレベルとＤＥＸで大丈夫そうだね」

さっきの攻撃に、多分私のＳＴＲは一切影響《いっさいえいきょう》していない。もしＳＴＲが影響していたら、こんな細い糸でダメージを与《あた》えられるはずがないし、糸に引っ張られ私の腕《うで》が千切《ちぎ》れていただろうからね。ＭＰを少し消費したけれど、待機している間に回復したし、ちゃんと【ボアの肉】も手に入った。成果としては満点じゃないかな。

ただ一つだけ言わせて欲《ほ》しい。

「あの大きさでなんでロース一切れ程度しかとれないのよ！」

体長一メートルだよ？　骨を除いても数十キロはとれてもいいよね⁇

「ゲームだからと納得《なっとく》するしかないのかな……差し入れのために二十個も必要になる理由が分かったよ」

気を取り直し、糸の緩《ゆる》みを確認してから再び待ちの姿勢。幸いボアは一度に複数現れることがなく、倒すのも途中《とちゅう》からは殆《ほとん》ど作業だった。倒すのが十九匹《ひき》を数える頃には私のレベルは四つ上がり、【操糸】スキルのレベルも二つ上がっていた。

ステータスはこんな感じ。

（マリア：道化師　Lv1↓Lv5：ステータスポイント＋4）
STR 1　VIT 1↓2　AGI 1↓2
DEX 20↓24　INT 3↓4　MID 4↓5

（スキル：スキルポイント＋26）

【操糸】Lv4↓Lv6

自由に割《わ》り振《ふ》れるステータスポイントは四。一レベル上がる毎《ごと》に一もらえる計算だね。

「何に振ろうかな」

レベルが上がり勝手にDEX以外のステータスが上がってしまい、できるだけ現実に即《そく》したいという私の希望からはズレてきているけれど、さてどうしようかな。

ステータス画面を開き悩《なや》んでいたその時、二十四目のボアが現れた。現れたのだけれど、これまでと様子が違《ちが》う。体格がこれまでのボアより一回り大きく、口から覗いている牙《きば》は長く鋭《するど》かった。何より毛が焦げ茶色ではなく、まるで血のように赤い。

「なんだか嫌な予感が、している間に来ちゃったよ！」

しかも速い!?

見た感じ、速度はさっきまで相手にしていたボアの倍。なのに樹にぶつかることなく、切れのある曲がり方をしてこちらに迫《せま》ってくる。糸の結界にぶつかると、糸を大きく撓《たわ》ませ、その身に食い込ませながらも止まらない。そして聞こえてくる、〝ミシッバキッ〟という不穏《ふおん》な音。

あ、これはまずそう。

結界に使っていた糸から手を離《はな》し横に転がった瞬間《しゅんかん》、結界を支えていた樹が折れ、私がさっきまでいた場所を赤いボアが物凄《ものすご》い勢いで駆け抜けていった。

急に戒《いまし》めが解かれたせいか、方向転換《てんかん》もできずに一際《ひときわ》大きな樹にぶつかったけれど、なんと倒れたのは樹の方だった。大したダメージもなく、赤いボアが平然とこちらを振り返る。咄嗟《とっさ》にもう一本の糸を樹の高いところに巻き付け体を引き上げるのと、赤いボアが再び私のいた場所に突進してきたのは殆ど同時だった。

「あぶなっ」

ギリギリで避《よ》けられたのは、ニナのお母さんから立体的な動き方を教わっていたおかげだ。心の中で感謝していると、赤いボアは諦《あきら》めた様子もなく前足で地面をかき始めていた。

この後の展開って……ああもう、やっぱり私がぶら下がっていた樹に突進してきたよ！

私は糸を操り、隣《となり》の樹に飛び移った。今更だけれど、現実ではあり得ない動きをしているよね。

このまま逃げ続ければ、森の外に出られるかもと思ったけれど、そう甘《あま》くはないみたい。それに気が付いたのは、樹を新たに三本犠牲《ぎせい》にして赤いボアの攻撃を躱《かわ》した後のことだった。

「あれ、私のＨＰが減っている？」

いつの間にかＨＰは三分の一を割っていた。

「赤いボアの攻撃は受けていないのに、どうして……っ！」

また樹を移動した時、ＨＰが減るのが見えた。これはひょっとして、糸で体を移動させる時の負荷《ふか》でダメージを受けている？

現実並みにしたかったのは本当だけれど、それにしても体が貧弱《ひんじゃく》だよ！

ＶＩＴを上げとけっていう正論《せいろん》は聞こえません。

私はＨＰポーションを取り出し回復すると、一度深く息を吐《は》き出した。

「……逃げ続けるのは難しいかな」

十個のＨＰポーションを全部使えれば、多分森を抜けられる。けれどそう、使えればなんだよね。

ＨＰポーションには再使用するための待ち時間みたいなものがあって、連続して使うことができないようになっていた。赤いボアの攻撃頻度《こうげきひんど》と、ＨＰポーションで回復する量と再使用時間を考えると、間違《まちが》いなく私のＨＰが先に尽《つ》きる。

ゲームだし死ぬのも仕方ないけれど、移動の負荷で死ぬというのはちょっと恥《は》ずかしいからできれば避《さ》けたい。

「やるだけやってみよう」

私はＨＰを全快にさせたタイミングで、地面に降りた。そこは最初に糸の結界を張った場所で、私は回収した糸を地面に走らせ、手放さなかった方の糸で目の前に熊を描いた。

それはヴァンに見せた立体的なもので、あの時よりも大きく、層を重ね強度を増している。

赤いボアは私が逃げないと踏んだのか、その場で助走をつけるように足をかき、勢いよく突進してきた。これまでと違い遮る物は何もなく、あっという間に巨体が迫ってくる。

その目は完全に私と、私の前の熊を標的にしていた。

おかげで、私が地面に走らせておいた糸は気付かれずに済んだ。

「ブルアァッ⁉」

地面に走らせた糸で描いたのは、はしご十段。そこに突っ込んできた赤いボアは足を絡ませ転倒《てんとう》してくれたけれど、勢いは止まらずこちらに向かってくる。

その体を熊が受け止め、きれない⁉

車に撥《は》ねられたような衝撃を受け、私は熊と一緒にゴロゴロ転がり続けた。

一気に減ったＨＰは、転がる度《たび》になおも減り続ける。これは死んだと思ったけれど、一緒に転がった熊が時折衝撃《しょうげき》を吸収してくれたおかげで、なんとか生き延びることができていた。

「本当に、死ぬかと思った……」

ダメージと疲労《ひろう》、そこに目が回ったことも合わさって、気分はなかなかに最悪だ。それでも、戦いはまだ終わっていない。私はふらふらになりながら、赤いボアに近付いた。

赤いボアは四本の足が完全に糸で捕らえられ、その場でジタバタしている。

私の姿を見た赤いボアは、身動きできないにも拘《かか》わらず威嚇《いかく》するように唸《うな》り声を上げていた。

「取り敢《あ》えず黙《だま》ろうか」

熊を描いていた糸を解《ほど》き、私はその糸で赤いボアの口をぎゅっと締《し》め、口と鼻を覆うように巻き付かせた。両方の糸を全力で操っているせいか、ＭＰの消費が多い。

赤いボアの抵抗《ていこう》が強いから、というのもあるのかな？

「それなら」

私は指先でステータス画面を起動し、残っていたステータスポイントを全てＤＥＸに注ぎ込んだ。すると糸の力が増し、逆にＭＰの消費速度は少し落ちた。窒息《ちっそく》か食い込む糸によるダメージなのか、赤いボアのＨＰが減り始める。

「ここからは根競《こんくら》べだね」

こうして私と赤いボアの最後の戦いは、最初とは一転して静かに始まった。


時間の流れがいつもより遅《おそ》く感じられる中、私のＭＰと赤いボアのＨＰがじりじりと減っていく。こうしている間に他のボアが現れたら、その時点で私の負けは確定だ。緊張《きんちょう》により嫌な汗《あせ》が流れるのを感じながら、ただ糸を操ることに集中する。

私のＭＰが三割を切り、二割を切り、一割を切り。

私のＭＰの減る速さに合わせるように、ボアのＨＰも三割を切り、二割を切り、一割を切る。

一割を切った頃には赤いボアも抵抗を諦めたのか、動かなくなっていた。けれど私もさっきから酷《ひど》い頭痛がして余裕《よゆう》はない。ザグレウスさんの言っていた、ＨＰやＭＰが著《いちじる》しく減ると体調が悪化するというやつかな？

そして私のＭＰが尽きかけた、その時。

『カリュドスが捕縛《ほばく》可能状態となりました。【捕縛】スキルを取得し捕縛しますか？』

このタイミングで突然《とつぜん》のメッセージとか心臓に悪いからね⁉

え、それにカリュドスって何？　状況的《じょうきょうてき》に赤いボアのことを指しているっぽいけれど

……ああもう、このままだと私が生き残れるかも分からないし、一《いち》か八《ばち》か新しいスキルに賭《か》けてみよう！

『【捕縛】スキルを取得し、カリュドスを捕縛しました。レベルが7になりました。【操糸《そうし》】スキルのレベルが8になりました』

メッセージが終わると赤いボア、いやカリュドスだっけ？　の姿が忽然《こつぜん》と消えてしまった。

何事かと焦《あせ》ったけれど、とりあえずＨＰを回復させようとアイテムボックスを開いたら、そこに【カリュドス】の名前があった。どうやら【捕縛】に成功すると自動でアイテムボ

ックスに移されるらしい。

そういうことは先に教えてよ……。

クエスト達成まで【ボアの肉】が一個足りないけれど、今日はもう限界。いつの間にか最後の一つになっていたHPポーションを使ってHPを回復した私は、ボアとの遭遇《そうぐう》を避けながら街へと戻《もど》った。


街に着いてギルドへ向かう途中、なんだか体の調子がおかしかった。頭痛はMPが回復するにつれ治まったのに、体に力が入らず、それがどんどん酷くなっている。

原因は分からないけれど、今はもうクエストを報告して休みたい。ただ、クエストを完《かん》了《りょう》するためには【ボアの肉】が一個足りないんだよね。でも【カリュドス】が一頭いるのだから、肉の一切れくらいなんとかなるはず？

ギルドに到着《とうちゃく》し、倒れるようにカウンターへ突《つ》っ伏《ぷ》した私に、アレンさんが駆け寄ってきた。

「大丈夫かいマリアちゃん！」

心配してくれるのは嬉《うれ》しいけれど、今大声を出されるのはきつい。体に力が入らないだけではなく、今では目眩《めまい》にも似た症状《しょうじょう》まで出始めていた。

「これ……」

私はアイテムボックスから【ボアの肉】を十九個取り出し、アレンさんに渡した。

「凄《すご》いな、これを一人で集めたのかい？　でもあと一個足りないようだが」

「途中で違うボアが出たから」

「違うボア？」

私が捕縛した【カリュドス】を取り出すと、アレンさんは目玉が飛び出しそうになるくらい驚《おどろ》いていた。

「こ、これはまさかカリュドス！　しかも捕縛状態の!!」

凄く驚いているけれど、ボアはボアだよね？　なのに、何で周りの冒険者までざわざわしているのだろう。

『捕縛なんて聞いたことないぞ』

『一体どうやって覚えたんだ』

『ってかあれネームドだろう。前に五人ＰＴが遭遇して死に戻ったとか聞いたぞ』

うん、とりあえず無視しておこう、今はそれどころじゃない。

「これを捌《さば》けば、二十個目くらいにはなりますよね？」

「あ、ああ……十分過ぎてむしろ扱《あつか》いに困るレベルだ」
その時、ようやくメッセージが通知された。

『クエスト、〝アレンの差し入れ〟を完了しました』

「良かった……」
安堵《あんど》して身体中《からだじゅう》に溜《た》まっていた息を吐き出した瞬間、私の意識は暗転《あんてん》した。

……気が付くと、どこか見慣れた場所に立っていた。それはエデンに転送された時と全く同じ場所で、どうやら私は死に戻りをしたらしかった。

死に戻った私だけれど、不思議とさっきまでの不調は軽減されていた。ただステータス画面を見ると、ステータスが括弧《かっこ》書きで大幅《おおはば》に下がっている。補足の説明が載《の》っていて、どうやらデスペナルティーというものらしい。
およそ二時間続くようなので、連続して戦いたい人には地味に痛いものなんだろうね。
私は今日、既《すで》にお腹いっぱい戦ったので問題ないけれど。

ということで、私はアレンさんに渡したカリュドスの扱いを確認するべく、再び冒険者ギルドを訪《おとず》れた。

入った瞬間辺りが静かになって注目されたのだけれど、えっと私、何かしましたか？

なんとなく嫌な予感がしてそのまま帰ろうかと思ったら、それより早くアレンさんに捕《つか》まった。

「マリアちゃん！　急に倒れて消えてしまうから心配したよ」

「ごめんなさい。街に戻った時から具合が悪くて、目眩が強くなったかと思ったら、急に意識が途切《とぎ》れたんです」

「それは毒でも受けていたんじゃないか？」

「毒？　それっぽいのは受けていないですけれど……あ、ＭＰの下にある黄色いのが三分の一くらいになっていますね」

確か教会を出た時は、減っていないＨＰと同じ位置まであったはず。

「マリアちゃん、それはきっと餓死《がし》だ。黄色いのは満腹具合を表していて、それが無くなるとＨＰが減っていくんだよ」

「そういえば、それっぽいことを言われたような気も……」

体調が悪くなるだけでなく、最悪死ぬ場合もある、だったかな？

「携帯食《けいたいしょく》はどうしたの？　あれがあれば、しばらく満腹度には困らないはずだけど」

「……食べるのを忘れていただけですよ」

「そうなのかい？　次からは忘れずに食べるようにした方がいいよ」

「気をつけます。ところで、携帯食って補充《ほじゅう》したい場合はどこで買えますか？」

「ここで買えるよ。一個五十Ｇだ」

「なら、とりあえず二個ください」

報酬とボアを倒して得たお金から百Ｇ払《はら》って二個購入《こうにゅう》し、さっそく一個食べてみる。

味は小麦粉に黄粉《きなこ》と胡麻《ごま》を混ぜたような感じで、食感はもそもそしている。甘さはなくて塩気があり、それが味のイメージと合わなくて、はっきり言って不味《まず》い。まあ、少しは満腹度が回復したから良しとしよう。

「カリュドスは今解体しているところだよ。ただ全部終わるにはあと二時間もらえないだろうか」

二時間ならデスペナルティーが解除される頃だし、その間に街を見て回ろうかな。ついでに何か美味しい物で口直しできたら最高だ。

私はアレンさんに了承《りょうしょう》したことを伝え冒険者ギルドを後にすると、どこからか漂《ただよ》う匂《にお》いに釣《つ》られるまま、街の東へと歩き出した。

街の東側には、住人の方の屋台や冒険者の広げる露店《ろてん》が雑多に並んでいた。

屋台は串焼《くしや》き屋が多く、次に麦粥《むぎがゆ》を出している店が多かった。どちらもそれぞれの店で味が異なるようで、人が並んでいるところもあれば、全くお客さんのいない店もある。普《ふ》段使《だんづか》いのお店は、味と価格でシビアに判断されるからね。

私はほどほどに人が入っている店で、ホーンラビットというモンスターの骨からとったスープで作られた麦粥を買った。お値段四十G。あっさりとしたスープながら、鶏《とり》ガラに通じる優《やさ》しいコクがあり、ぺろりと完食してしまった。食べたい物を好きなだけ食べられるって幸せなことだよね。

それから串焼きを買って食べ歩きしながら露店を眺《なが》めていると、まだゲームが開始されて半月にも拘わらず、すでに多くの物が店先に並んでいた。

「武器とか防具がやっぱり多いんだね。その次に多いのがＨＰポーションか」

強さとか命に直結するアイテムは需要《じゆよう》が多そうだから、売値も高く設定できて儲《もう》かるのかな？

もっとも、さっきの屋台と同じで足を止める人の数は店毎に偏《かたよ》りがあるけれど。

「安くて良《い》い物は正義だよね」

家計を預かっていた私としては、そこはとても大事なポイントだ。

そんな多くの店がひしめく中、人気《ひとけ》のない場所にぽつんと開かれた一軒《けん》の露店。なんとなく気になって覗《のぞ》いてみると、そこに並んでいた物はっ！

「か、可愛《かわい》い……」

ぬいぐるみだった。現実の動物、その個々が持つ可愛さを的確に押《お》さえているぬいぐるみが、こんなにも沢山《たくさん》……。

主《おも》な素材は動物の毛皮のようだけれど、それが一層リアルさを与えている。思わず手を伸《の》ばしかけ、勝手に触《ふ》れては怒《おこ》られるかと思い引っ込めようとすると、

「どうぞぉ、よければ手に取って可愛がってあげてくださいねぇ」

少し間延《まの》びした、ほんわかした声がかけられた。露店だから、この女の人が作ったのかな？

オレンジ色のウェーブした髪を後ろで束《たば》ね、今時見たこともないぐるぐる眼鏡をかけている。年齢《ねんれい》は二十代前半くらいに見えるけれど、眼鏡のせいでよく分からない。

「で、ではお言葉に甘えて……ふわぁ」

猫《ねこ》のぬいぐるみを手にすると、その毛は長毛《ちょうもう》の猫を模《も》したのか、ふかふかで指先が沈《しず》み込む程柔《ほどやわ》らかい。リアルに再現されたその表情はちょっと生意気そうだけれど、いかにも猫って感じがする。

「その子は自信作なのぉ。気に入ってもらえましたかぁ？」

「はい！　とても可愛くてふかふかで……こんな子が側《そば》にいてくれたらなって、昔からよく思っていたんです」

こうして撫でていると、ぬいぐるみであることを忘れてしまいそうになる。

「そこまで言ってもらえるとぉ、作り手冥利《みょうり》に尽きますねぇ。あっ、わたしはルレットっていいますよぉ」

「私はマリアです。ゲーム初心者なので、失礼があったらすみません」

「気にしなくていいですよぉ。マリアさん、よければその子を貰《もら》ってくれませんかぁ？」

「いいんですかっ！　じゃなくて、これ売り物ですよね？」

本物に近い姿形《すがたかたち》といい、手触《てざわ》りといい、どれだけ手をかけたのか、どれだけ技術が必要なのか想像もつかない。値段はまだ聞いていないけれど、決して安くはないと思う。

「ただ裁縫《さいほう》がしたくて作った物ですしぃ、ちゃんと手に取ってくれたのはマリアさんだけでしたからねぇ。だから貰ってくれると私も嬉しいですよぉ」

にこにこ顔のルレットさん。欲しいと思ったのは本当だし、そこまで言われたら、ね？

「う～ん……分かりました。ありがたくこの子、頂きます。大事にしますね」

「うんうん。代わりじゃないですけどぉ、よければフレンド登録いかがですかぁ？」

「フレンド登録？」

首を傾《かし》げると、ルレットさんが詳《くわ》しく説明してくれた。フレンド登録すると、離《はな》れていても話ができたり、ＭＷＯのログイン状況が分かるみたい。ルレットさんは良《い》い人だし、私は迷うことなくフレンド登録を行った。

あれ、これってＭＷＯでの初めての友達ってことだよね。嬉しくなって顔が緩《ゆる》んでいると、ルレットさんがくすくす笑っていた。

「そうだ。今ギルドでボアを解体してもらっているんですけれど、ルレットさんが欲しい物があったら差し上げますね」

「そんな気を遣《つか》わなくてもいいですよぉ」

まあ私に倒《たお》せるようなモンスターの素材なんて、大したものじゃないかもしれない。けれど気持ちを伝えるのは大事なことだからね。手を振ってルレットさんの露店を離れ、他の店を見て回っているうちにあっという間に二時間が過ぎた。

冒険者《ぼうけんしゃ》ギルドに戻ると、アレンさんは口を開いたまま上を向き、表情を無くしていた。

「どうしたんですか？」

「マリアちゃんか。ちょっとエス……いや、何でもない」

言い淀《よど》んだけれど、エステルさんがどうかしたのかな？

「解体は終わっているよ。確認してくれ」

起動された画面には、【カリュドスの大皮《おおかわ》】【魔石《ませき》（小）】【良質なボアの枝肉《えだにく》】【カリュドスの大牙《おおきば》】×2、と書かれていた。

これって良い物なのかな？

枝肉がいわゆる、お店に並ぶ前の肉の塊《かたまり》だというのは分かるけれど、ひょっとしてこれ、使う時に自分でバラさないといけない？

あのサイズを部位毎に分けるとか、ちょっと考えたくないなぁ。

「それからエステルさんがマリアちゃんを呼んでいた。よければどうかお願いだから行ってあげて欲しい！」

両肩《りょうかた》をがしっと掴《つか》まれ、おかしな日本語で早口に懇願《こんがん》される。アレンさんの鬼気《きき》迫る様子にこくこく頷《うなず》くと、『絶対だからね？』とさらに念を押された。

ちょっと怖《こわ》いのだけれど、一体何があったんだろう……。

冒険者ギルドを出た私は、まずルレットさんの許《もと》を再び訪れた。

「こんにちは」

「あらぁ、さっきぶりですねぇ。どうかしましたかぁ？」

「ギルドにお願いしていた解体が終わったので、早速《さっそく》ルレットさんに見てもらおうと思って」

画面を起動しアイテムボックスの一覧を見せると、『あらあらまあああ』と微笑《ほほえ》ましそうだったルレットさんの表情が真剣《しんけん》なものに変わった。

「マリアさん……これはどうやって手に入れたんですかぁ？　特にこの【カリュドスの大皮】」

「どうって、冒険者ギルドで解体してもらっただけですよ？」

「解体……まずそこに疑問を持つべきでしたねぇ。普通《ふつう》モンスターは倒すとその場でアイテムになってしまうでしょう？　だから解体をするにはモンスターを捕《と》らえないといけないのだけどぉ、これまでプレイヤーがモンスターを捕らえたという報告はβ含《ふく》め無《な》いのですよぉ」

「そうなんですか？　じゃあこの【捕縛】ってスキルは珍《めずら》しいものなのかな」

「捕縛⁉」

ルレットさんの驚きの声に、私も驚く。ルレットさんはしまったという顔をしたかと思うと、個人向けの会話が飛んできた。

『念のためこちらでぇ。マリアさんが取得したスキルですがぁ、ＭＷＯではとても価値があるものなんですよぉ。それこそぉ、相場とか諸々《もろもろ》既存《きそん》の価値を破壊《はかい》しかねない程にぃ』

『えっ、これがですか？』

そんな価値があるスキルだとはとても思えないのだけれど。

『モンスターを倒して得られるアイテムですがぁ、通常ドロップとレアドロップというのがありますぅ。レアドロップはそれこそ何十匹倒《ぴきたお》してようやく得られる物でぇ、価値が高いんですよぉ。今回マリアさんが見せてくれた物だとぉ、【魔石（小）】と【カリュドスの大牙】がレアドロップですねぇ。それに加え通常ドロップ何枚分もの大皮とぉ、何個分ものお肉。それが一度でぇ、おそらく確実に手に入るのですよぉ。これまでのように運任せでぇ、長時間狩《か》りをしなくてもですぅ』

そう比較《ひかく》して言われると、とんでもないことのように思えてくるね。ひょっとして私は、何かまずいことをやらかしたのだろうか……。

『マリアさんは何も悪いことをしていないですよぉ。ただぁ、このスキルのことはしばらく内緒《ないしょ》にしておくことをお勧《すす》めしますねぇ。よければ私から今後の扱いについてぇ、根回ししてみますけれどぉ？』

『是非《ぜひ》お願いします』

こんな大きな話、初心者の私には手に余るよ。

『すみません、ご迷惑《めいわく》をおかけして』

『お友達なのだからぁ、気にしないでいいんですよぉ』

ルレットさん、本当に良い人だなあ。

『それなら、ぬいぐるみのお礼も兼《か》ねて、必要な物があったらよければ貰ってください』

『そこまで言われたらぁ……それなら【カリュドスの大牙】を頂いてもいいですかぁ？

ちょうどぬいぐるみの素材に必要だったんですよぉ』

『もちろんです。一本で足りますか？』

『十分過ぎますよぉ』

喜んでもらえる物があってよかった。そうだ、せっかくだからこれもルレットさんに託《たく》せないかな。

『ルレットさん、この【カリュドスの大皮】って売れませんか？』

『これなら高く売れると思いますねぇ。カリュドスの大皮なんて希少ですしぃ。でもマリアさんが使おうとは思わないんですかぁ？』

『私のＳＴＲは死んでいるので、多分皮とか着られないと思うんです』

ステータス画面を見せたら納得された。

『それなら一万Ｇでどうですかぁ？』

『そんなにいいんですか!?』

掲示板価格《けいじばん》で【ボアの肉】が一つ四十Gなのに、それだともらい過ぎじゃないかな。

『素材はなかなかドロップしない物ですしぃ、ただでさえネームドの素材は高めですからねぇ。それに大皮は何枚もの皮を【錬金《れんきん》】して作られる物だからぁ、その手間も考えたら高くない金額だと思いますよぉ』

そう言われると、十九匹ボアを倒して【ボアの肉】は出たけれど、それ以外は出なかったね。まだまだ知らないことばかりだ。


一万Gで【カリュドスの大皮】を売り露店を後にした私は、約束通りエステルさんに会いに教会へ向かった。

教会では以前お世話になった樹《き》の下で、エステルさんが子供達《たち》に歌を聞かせていた。歌の歌詞《かし》もメロディーも初めて聴《き》くものだけれど、優しく落ち着いたエステルさんの歌声のせいか、まるで子守唄《こもりうた》のように感じられる。実際子供達は今にも寝《ね》そうになっていて、聴いている私も眠気《ねむけ》を覚えた。

心地好《ここちよ》い歌が終わったところで近付くと、足音でエステルさんが私に気付き、一瞬呆然《いっしゅんぼうぜん》としたかと思ったら、突然駆《とつぜんか》け寄ってきて抱《だ》き竦《すく》められてしまった。

「ごめんなさい、あの時私のために食べ物を渡《わた》してしまったから、マリアさんは……」

ああ、これはアレンさんから聞いてしまったのかな？

こんなことなら口止めしておけば良かった……とりあえずアレンさんには後でお説教だね。ああいう仕事をしていたら、勝手に人のことを話しちゃダメでしょうに。

ところで、私の呼び方が微妙《びみょう》に替《か》わっているのだけれど、これは私のお姉さん的な部分を認めてくれたのかな？

少し気分を良くした私は、エステルさんを安心させるように口を開いた。

「気にしないでください。私が勝手にしたことですし、今はもう大丈夫《だいじょうぶ》ですから」

「本当ですか？」

涙声《なみだごえ》で、こちらを心配する気持ちを隠《かく》すことなく聞いてくるエステルさん。泣いても美人さんだし、これ、男の人にとってはとんでもない破壊力《はかいりょく》なんじゃないかな。

「本当です。ところで、差し入れの【ボアの肉】はもう皆《みんな》で食べましたか？」

「はい、おかげさまで子供達は沢山食べることができて、美味《おい》しい美味しいと喜んでいました」

涙《なみだ》を拭《ぬぐ》い、子供達がお腹《なか》いっぱい食べたことを嬉しそうに話してくれる。

でもなるほど、子供達は、ね。

「エステルさん」

身長の関係で、私がエステルさんをじっと見上げると、私が静かに怒っていることを感じたのか、すっと視線が逸《そ》らされた。

まったくこの人は……。

「仕方がない人ですね、エステルさんは」

苦笑《くしょう》して、でもそれがエステルさんかなと思うと、本気で怒る気にもなれず。

それならいっそ、食べざるを得ないくらい用意してあげればいいか。

「エステルさん、この辺で料理を教えてくれそうなところってありますか？」

「料理ですか？　ある程度なら私でもお教えできますが、ちゃんと習うなら【兎《うさぎ》の尻尾《しっぽ》亭《てい》】がお勧めですね。私達もお世話になっていますし、料理がとても美味しいんです。マリアさんが料理を習うようでしたら、紹介状《しょうかいじょう》を書きましょうか？」

「お願いしてもいいですか？　習ったら味見、付き合ってくださいね」

味見はお願いではなく強引《ごういん》に。私の意図を察したのか、エステルさんは苦笑しながらもしっかり頷いてくれた。ちょっとやる気が出てきたよ、私。

エステルさんから紹介状をもらった私は、教会から街の北の方へと歩き【兎の尻尾亭】

を探していた。皿の上に兎を描《えが》いた鉄の看板が目印と言っていたけれど、なんともシュールなデザインだね。ちなみに教会は街の西の方にあり、【兎の尻尾亭】はそこから歩いて十分くらいの位置にあるらしい。

途中人に尋《たず》ねながら探したけれど、有名なのか皆知っていて、見つけるのに苦労することはなかった。

【兎の尻尾亭】は教えてもらった通りの看板がぶら下がり、建物の中は食堂というより酒場に近かった。四人掛《が》けの丸テーブルが二十個近くあり、結構広い。そして夕飯時には早いのに殆《ほと》んどの席が埋《う》まっていて、皆食事やお酒を楽しんでいた。

「人気なんだなあ」

バイトで接客する側だった時の光景とは違って見えて、ちょっと新鮮《しんせん》だよ。

と、そこに場違《ばちが》いな怒鳴《どな》り声が響《ひび》いた。

「ふざけんな！　なんで【料理】を覚えるのに皿洗いしなきゃいけねえんだよ‼」

「料理を教えて欲《ほ》しいんだろう？　なら店の手伝いくらいするのが道理《どうり》ってもんさ。それが嫌《いや》なら他をあたりな」

怒鳴っている方は冒険者かな？　若い男の人で、ローブっぽい服を着ている。対しているのは店の女将《おかみ》さんらしい、恰幅《かっぷく》の良いおばさんだった。

どうやら私と同じで【料理】スキルを教えてもらいにきたようだけれど、覚えるか。ザグレウスさんの言葉を聞いていたら、そういう考えじゃダメだと思うんだけどなあ。

「NPCのくせに人間みてえなこと言ってんじゃねえ！」

杖《つえ》を手にして魔法《まほう》か何かを使おうとしているようだけど、これはいけない。私は咄嗟《とっさ》に糸を取り出して、男の人の腕《うで》を縛《しば》り上げた。

「そのくらいにしないと、この世界にいさせてもらえなくなりますよ？」

「なんだとこのガキ！　くそっ、離しやがれチビ！」

ほほう、私をガキの上にチビ呼ばわりしますか。私はお姉さんだから許すけれど、人によっては気にしているかもしれないことを、安易《あんい》に言ってはいけないんだよ？

二本の糸を操《あやつ》り、私は真人が悪いことをした時のお仕置き、恥ずかし固めに移行した。それは仰向《あおむ》けの状態から下半身を持ち上げ、両足をギリギリまで開脚《かいきゃく》させるというもの。文字通り恥ずかしい格好をさせられ、男の人の顔が怒《いか》りのせいで真っ赤になっているけれど、あまりの恥ずかしさに言葉が出ないようだった。

決してガキやチビと言われて、頭にきたからカッとなってやったわけではないよ？

これは電車でマナーの悪い人がいたら注意するのと同じ、そう躾《しつけ》みたいなものだね、うんうん。

おかげで静かになったけれど、周りのお客さんまで静かになってしまった。

「あ、あれ？　むしろ私が迷惑をかけてしまいました？」

不安に感じていると、女将さんがやってきて髪《かみ》をわしわしされた。

「そんなことないさ。お嬢《じょう》ちゃんのおかげでスッキリしたよ。それに助けてくれたんだろう？　ありがとう」

女将さんがそう言うと周りの静けさも消え、あちこちから褒《ほ》め言葉《ことば》をかけてもらえた。

「お嬢ちゃんも冒険者みたいだけれど、あいつと同じで料理を教えて欲しいのかい？」

「はい、よければ教えてもらえませんか？　私の料理を食べさせたい人がいるんです」

「へえ、こんな可愛いお嬢ちゃんにそんな風に想《おも》ってもらえるなんて、果報者《かほうもの》だね。ちなみに誰《だれ》に食べさせたいんだい？」

「教会にいるエステルさんですね。紹介状ももらっているんですけれど」

私が紹介状を取り出し女将さんに渡すと、それを読んだ女将さんが真顔になった。またも何か嫌な予感がしていると、私は突然《とつぜん》女将さんに抱き上げられてしまった。

いやいや、何事ですか！

そしてこういう展開何度目ですか⁉

「皆良くお聞き。今日からこの子、マリアはうちらの身内だ。マリアに変なことしたらこのあたし、バネッサがただじゃおかないからね！」

「あのバネッサさん、身内って一体……」

困惑《こんわく》する私をよそに、バネッサさんは止まらない。

「マリアだったね。あんたは料理を教えて欲しかったんだろう。あたしが責任持って教えてあげるから安心しな」

それは嬉しいんですが、そんなことを口にしたら……と思っていたら案の定。

「おまっ、ふざけんな！　俺《おれ》は皿洗いしないとダメなのに、なんでそいつは何もしないでいいんだよ！　不公平じゃねえか!!」

「身内とただの冒険者、扱いが違《ちが》ったって何の不思議もないだろう？」

バネッサさんがそう言うと、周囲のお客さん、多分住人の方も頷いている。

「ちくしょう、お前チートだろう！　運営に訴《うった》えてやるからな!!」

訴えるって、身内扱いされた理由はむしろ私が教えて欲しいんですけれど。あとチートってなんですか？

そう思っていたら、バネッサさんが前者について淡々《たんたん》と教えてくれた。

「この街には教会がある。実態は孤児院《こじいん》みたいなものだけどね。そこで身寄《みよ》りのない子供達を育てているのがエステルっていうシスターだ。誰にでも優しく皆から好かれている子だが、子供達のためにろくに食事もとっていなかったことを、あたしらは知らなかった。でもね、マリアは初めて会ったその時に気付いたんだよ。そして手持ちの携帯食全てと千Gを渡して、依頼《いらい》はお金がかかるだろうからって断り、友人として受けたっていうじゃないか。あたしらが身内と考えても、不思議じゃないだろう？」

うん、理由は分かったけれど改めて話されると恥《は》ずかしいね。

ってていうかエステルさん、どれだけ詳細《しょうさい》に書いたんですか⁉

「携帯食も千Gも大した額じゃねえだろう！　金でスキルを覚えられるなら、俺なら倍出してやるよ‼」

それを聞くと、バネッサさんは哀《あわ》れんだような表情で、告《つ》げた。

「冒険者っていうのは外の世界からくるんだろう？　初めて訪れた世界の見知らぬ街で、見知らぬ相手に、手持ちのお金と食糧《しょくりょう》の全てを、あんた見返りもなく差し出せるかい？　今のあんたには大した額じゃなくても、あんたがこの世界にきたばかりの時は、貴重だったんじゃないかい？」

「そ、それは……」

「よく考えてみることだね。あんたがやろうとしたことと、この子がしてくれたことの違いをさ」

バネッサさんが私の方を見て頷いたので拘束《こうそく》を解くと、男の人は一瞬だけこちらを睨《にら》んだ後、逃《に》げるようにその場から去っていった。

「白けさせた詫《わ》びに、今日はあたしから皆に一杯《ぱい》ずつ奢《おご》りだ！」

「「「おおおっ!!!」」」

なんとも太《ふと》っ腹《ぱら》なことだけれど、おかげで店の中の微妙な空気は吹《ふ》き飛んでいた。現金なものだなあと苦笑していると、私はバネッサさんに抱き上げられたまま、調理場に連れていかれた。

「色々話したいことはあるけれど、まずは料理だね。マリアは料理の経験はあるのかい？」

「ありますけれど、今は前みたいにできるかどうか分かりません」

「なら、試《ため》しにこの辺にある野菜を切ってごらん」

包丁とまな板を用意されたので、ジャガイモを手に取り、水でよく洗ってまな板の上においた。ゲームだからなのか、芽がないのは処理が楽で助かるね。

左手でジャガイモを押さえ、右手で包丁を持ち切ろうとしたけれど、力を込めても刃《やいば》は進まず切ることはできなかった。

やっぱりこうなったか……。

内心がっかりしていると、バネッサさんも何とも言えない表情をしていた。

これは料理を教える以前の問題だよね。でもここで諦《あきら》めると、エステルさんに言い切った手前格好が悪い。

「う〜ん……そうだ！」

私の体ではできなくても、私のスキルならどうだろう。私はバネッサさんからトングも借りると、糸を二本取り出し一本をトングに、もう一本を包丁の柄《え》の部分に巻き付けた。そしてトングを糸で締《し》め付け、ジャガイモを挟《はさ》んだ状態で固定する。後は意識を集中し、以前の動きを思い出して包丁を振《ふ》るうように操る。

〝トントントントントントントントンッ〟

包丁が思《おも》い描《えが》いた通りの動きをみせた。あ、やばいこれ楽しい。現実ではできない反動もあって、気が付いたらジャガイモの薄《うす》切りを大量に作っていた。

満足満足、と思ったのは一瞬のこと。料理を教えてもらおうとしているのに、お店の食材を大量に消費してどうするのよ私！

「ごごごっ、ごめんなさい！　切り過ぎた分のお金はちゃんと払いますから‼」

「い、いやそれはいいんだけど……しかしすごいもんだね、これだけの量をあっという間に、こんなに薄く切れるなんて。そこいらの料理人でもできない芸当《げいとう》だよ。本当ならここから料理一品作ってもらうんだけど、どうしたもんかねえ」

大量のジャガイモの薄切りを前に、二人して途方《とほう》に暮《く》れる。

「……あっ、このお店って揚《あ》げ物しますか？」

「揚げ物かい？　それなら普段《ふだん》からよくしているよ。定食でも出しているからね」

それなら作る物は一つでしょう。ということで、私が作ったのはポテトチップス。薄く切られているから短時間で揚がるし、油を切って塩を振れば出来上がるからお手軽だ。大量にあるので半分はシンプルに塩味に、もう半分は乾燥《かんそう》した香草《こうそう》を細かく刻んで振りかけハーブ味にしてみた。一枚食べてみると、うん、思った以上に美味しくできている。

「バネッサさんも食べてみてもらえますか？」

「ジャガイモをこんな風に調理するのは初めて見たね。じゃあ頂くよ」

バネッサさんが食べると、〝パリッ〟と良い音がした。

最初は食感に驚いたようだったけれど、美味しかったのか塩味とハーブ味を交互《こうご》に食べ、食べ続け……って止まらないね。

「あのバネッサさん、どうですか？」

二つの味を何度往復したか分からなくなった頃《ころ》、思い切ってバネッサさんに聞いてみると、はっと我に返ったようだった。

「たまげたよ。切って揚げて塩を振っただけなのに、こんなに美味しいなんて」

「ジャガイモを薄く大量に切らなければならないのが、ちょっと手間ですけれどね」
「ははは、それは料理人が頑張《がんば》れば良いだけのことさ。包丁捌《さば》きも揚げ方《かた》も見ていたが、問題ない。合格だよ」

『【料理】のスキルが取得可能となりました』

やった！　取得に必要なスキルポイントは二だし、迷う余地はないね。

『【料理】を取得しました』

「ありがとうございます！　おかげで【料理】を取得することができました」
「身内なんだから、これくらい気にしないでおくれ。それより、これは何て料理なんだい？」
「ポテトチップスです。お菓子《かし》ともいえるし、ジャガイモを切る大きさによってはおつまみにもなりますすね」
「ポテトチップスか。これなら酒も進むし、よければうちのメニューに加えてもいいかい？」

「構いませんよ。もしお手伝いが必要な時は言ってください。切るのは大変だと思うので」

「本当にしっかりした子だよ。分かった、その時はちゃんと給料を出してあげるからね」

こうして私は無事に【料理】を取得することができ、【兎の尻尾亭】を出る時はバネッサさんだけでなく、ポテトチップスにはまったお客さん総出で見送られてしまった。嬉《うれ》しいんだけれど、周囲の人からはとても注目されてしまい、私はぎこちない笑顔《えがお》を返すので精一杯《せいいっぱい》だった……。


【兎の尻尾亭】を出ると、既に日は傾《かたむ》き赤みを帯びた空が広がっていた。

バネッサさんに教えてもらい、この世界にも料理に使える食材が色々あることを知った私は、店じまいを始めた住人の方に頼み込み、なんとか必要な食材を買うことができた。

ただ、買い物をする度に皆がおまけしてくれたのはなぜだろう……ひょっとしてバネッサさんの身内発言の影響《えいきょう》？

だとしたら情報が伝わるのが早過ぎませんか!?

いまいち釈然《しゃくぜん》としないものを抱《かか》えながら、私は買い物を終えて教会を訪れた。

エデンという街は今日初めて訪れたのに、教会には三回も訪れているのがなんだか不思議な感じがする。私とどこか重なるエステルさんがいるから、というのは否定できないところだけれどね。

私が教会に着くとすぐ子供達が寄ってきて、それに気付いたエステルさんも来てくれた。

「こんにちは、エステルさん。もうこんばんは、かな」

「こんばんは、マリアさん。またいらしてくれて嬉しいです」

胸の前で手を組んだエステルさんにそんな風に言われると、なんだかドキッとするね。

「少し遅《おそ》い時間ですが、どうかされましたか？」

「もし夕食がまだなら、約束通り味見に付き合ってもらおうと思って」

「あっ、バネッサさんから料理を習うことができたのですね？」

「エステルさんが紹介《しょうかい》してくれたおかげですよ。まあ、他にも色々あったんですけれど」

バネッサさんの身内発言とかね。とりあえずまあ、今はいいか。

「それで料理するのに庭と調理場を借りたいのですけれど、構いませんか？」

「ええ、勿論《もちろん》です。何かお手伝いできることはありますか？」

「それなら下拵《したごしら》えを手伝ってもらってもいいですか。子供達には、煉瓦《れんが》をこんな感じで積み上げてもらえると」

イメージしているのはいわゆるコの字形で、縦横三メートル、高さは一メートルくらい。事前に必要な数の煉瓦は買ってあるので、アイテムボックスから取り出すだけで済む。

「これはヴァンにお願いしてもいいかな？」

「任せろ！　立派な城を作ってやるぜ!!」

「いや、城は作らなくていいから……怪我《けが》だけはしないよう、皆のことを注意して見てあげてね」

一抹《いちまつ》の不安を覚えながら、エステルさんと二人で調理場に向かう。

「あんなに沢山の煉瓦を使って、どんな料理をされるんですか？」

「料理自体はシンプルですよ。でも子供の頃の夢、みたいな料理ですね」

私が答えると、エステルさんはそれがどんな料理なのか、一生懸命《いっしょうけんめい》考えているようだった。意地悪して具体的に答えなかったわけではないけれど、エステルさんがうんうん唸《うな》る姿は少し子供っぽくてなんだか微笑《ほほえ》ましい。

私は調理場に着くと、調理用のテーブルを綺麗《きれい》に拭《ふ》きあれをアイテムボックスから取り出した。一瞬で現れた巨大《きょだい》な【良質なボアの枝肉《えだにく》】に、エステルさんの目が点になっている。狙《ねら》った通りの反応に、私は密《ひそ》かにほくそ笑《え》んだ。

「ここっ、こんなに大きなお肉は初めて見ました。えっ、これをマリアさんが？」

「はい。偶然《ぐうぜん》ですけれど、仕留めることができました」

大変だったけれど、エステルさんのこの反応を見られただけでも頑張った甲斐《かい》があるね。

エステルさんが落ち着くのを待ってから、二人で香草とニンニクを刻み、塩と混ぜて満《まん》遍《べん》なく枝肉全体に擦《す》り込んでいく。ちなみに私が糸で包丁を操って刻んでいるのを見たエステルさんは、枝肉を見た時以上に驚《おどろ》いていた。

終わりが見えてきたところで残りをエステルさんに任せると、私はもう一つ準備をすることにした。小鍋《こなべ》にバターを入れて火にかけ、そこに蜂蜜《はちみつ》をたっぷり投入する。正直蜂蜜は高かったけれど、夢のためには妥協《だきょう》できないからね。

バターと蜂蜜のいい匂いが合わさって、これをパンに塗《ぬ》るだけでいくらでも食べられそう。隠し味《あじ》に赤ワインを加え一煮立《ひとにた》ちさせたら、完成。

ちょうどエステルさんの方も終わったようで、私はアイテムボックスから角材を取り出すと、一本の糸で枝肉を固定し、もう一本で角材を操り串刺《くしざ》しにした。私の【操糸《そうし》】はカリュドスを拘束し続けただけあって、大人でも苦労しそうなこの作業を難無く完遂《かんすい》。これで準備は万端《ばんたん》だ。串刺しにした枝肉を一度アイテムボックスに戻《もど》すと、私とエステルさんは調理場を片付けてから庭へ戻った。

庭に戻ると、積み上げられた煉瓦で城っぽい物ができていた。

「…………」

「どうだ凄《すご》いだろう‼」

満面《まんめん》の笑みで言い切るヴァンと、男の子達。女の子達はどうやら止めようとしてくれたらしく、涙目《なみだめ》になって私の反応を窺《うかが》っていた。私は【操糸】を行使して城をあっという間に解体してやった。

「ああっ、俺達《おれたち》の力作が‼」

「なんてことするんだ！」

「おに！」

「ちび！」

言われたことも守らずにいい度胸だね、そして今回も誰かな最後の一言！

当初思い描いていた通りに煉瓦を組み直しながら、私は静かに言った。

「言うこと聞けない子は夕飯抜《ぬ》きね」

「「ごめんなさい!!!」」

掌返《てのひらがえ》しが早過ぎるよ……まあ、子供のやることだからね。

「それじゃあ今回だけは許してあげる。その代わり、この煉瓦の周辺の草むしりをお願いね」

「「「ええ〜」」」

途端《とたん》に不満の声を上げる男の子達。

「あら？　マリアさんの言うことが聞けない悪い子は誰かしら？」

エステルさんが頬《ほお》に手を当てにこやかに尋ねる。慈愛《じあい》に満ちた笑顔だけれど、おかしいな、背後に黒いオーラが立ち昇《のぼ》っているような気が……。

そちらはエステルさんに任せてしまおう、うん。

女の子達に食器を持ってきてもらい、私は煉瓦の中に薪《まき》を取り出し道具で火をつけた。空気が入り易《やす》いよう薪を組んだせいか、順調に燃えていく。

やがて炎《ほのお》が落ち着いた頃、私は煉瓦の上にさっき仕込んだ枝肉を載《の》せた。たちまち火に炙《あぶ》られた部分がじゅっと音を立てる。

「おお〜壮観《そうかん》だ」

漫画《まんが》やアニメを見て一度はやってみたかった子供の頃の夢、それが豚《ぶた》の丸焼き。正確にはボアの丸焼きだけれど、細かいことは気にしない。

「何だこれ！　すげえでけえ肉!!」

ヴァンが近寄ってきて大声で叫《さけ》ぶ。気持ちはよく分かるよ。でもねヴァン、言われたことをほったらかしにして良いのかな？

「ヴァ～ン」

幽鬼《ゆうき》のようにヴァンの背後から現れたエステルさんが、ヴァンの頭を鷲掴《わしづか》みにし、ギリギリと指先に力を籠めていく。

「いだっ！　ごっ、ごめんなさいシスター!!　あぁぁああっ!!!」

謝《あやま》るヴァンを無視し、まるでキャリーケースでも引っ張るようにヴァンを連行していくエステルさん。実はとっても強い人なんじゃ……木霊《こだま》するヴァンの絶叫《ぜっきょう》を聞き、エステルさんを怒《おこ》らせてはいけない、そう心に決める私だった。

ボアの枝肉は中まで十分火が通るよう、子供達と協力し時々返しながら丁寧《ていねい》に焼いた。現実でやると七～八時間かかるようだけれど、火力が強いのかゲームなのか、二時間程で良い感じになってきた。

日はすっかり落ちて夜になっており、煉瓦の中で燃える炎が明るく周囲を照らしている。後はもう食べるだけとなったところで、今更《いまさら》ながら気付いたことが一つ。

「これ、食べ切れるのかな？」

二メートルくらいあるボアの枝肉。エステルさんと子供達十二人、それに私だけではとてもじゃないけれど食べ切れない。夢を叶《かな》えることを優先した結果、その辺の考慮《こうりょ》がすとんと抜け落ちていた。

「それなら、街の方にもお声をかけてみてはいかがでしょう」

「そうですね……すみませんが、声がけはエステルさんにお願いしてもいいですか？」

「任せてください」

私がそう言うと、エステルさんは快く引き受けてくれた。良かった、今日一日で知り合いはできたけれど、まだ私から声をかけるのはちょっとね。

そう思った時、ふと知り合いではない人の顔が浮《う》かび、確認《かくにん》するとまだログインしているようだった。

「一人だけ私と同じ冒険者の方を呼びたいんですけれど、構いませんか？」

「マリアさん主催《しゅさい》ですから、遠慮《えんりょ》なく」

エステルさんの許可がもらえたので、私は早速個人向けの会話を飛ばした。

『こんばんは、ルレットさん』

『こんばんはぁ、マリアさん。こんな時間にどうしたんですかぁ？』

『実はカリュドスの解体で手に入れた枝肉を使って豚？　の丸焼きを作っているんです。けれど予想以上に量が多くて、住人の方も一緒《いっしょ》ですけれど、よければルレットさんも一緒に食べませんか？』

『あらあらぁ、私もいいんですかぁ？』

『勿論ですよ。ＭＷＯでできた初めてのフレンドで、とても良くしてもらいましたから』

『マリアさん……分かりましたぁ、それならお邪魔《じゃま》させて頂きますねぇ』

ルレットさんに教会の場所を伝えると、私はボアの丸焼きの仕上げに入った。特製のタレを刷毛《はけ》で表面に塗り、これまでより返す頻度《ひんど》を上げる。蜂蜜は焦《こ》げやすいから、こうしないと照りを出すどころか黒焦《くろこ》げになってしまう。

火力を調整し、タレがなくなったところで細い串《くし》を肉に刺《さ》すと、透《す》き通った肉汁《にくじゅう》が溢《あふ》れてきた。

「うん、これなら大丈夫そうだね」

仕上がりに満足していると、準備を終えた子供達が涎《よだれ》を垂《た》らしじっとボアの丸焼きを見つめていた。まるで私が御預《おあず》けしているみたいだから、せめて涎はなんとかしようね？

「マリアさん、お声をかけさせて頂いた方がいらっしゃいましたよ」

エステルさんと一緒に出迎《でむか》えに行くと、そこには私も知っている人達がいた。

「呼んでくれてありがとうよエステル、マリア。せっかくだからうちの店の客にも声をかけてきたよ。あとこれは酒。せめてこのくらいは出させておくれ」

「こちらこそありがとうございます、バネッサさん。子供達と一緒にもう少し待っていてください」

バネッサさんとそのお客さん五～六人が、ぞろぞろと子供達の所に向かう。その途中《とちゅう》『ポテトチップス旨《うま》かったよ！』と言ってもらえたのは嬉しかった。

「えっと、本当に俺も来てよかったのかい？」

「ええ、歓迎《かんげい》しますよアレンさん」

なんだろう、エステルさんを異常に気にしているというか、怯《おび》えている？

にこりとしたまま表情を動かさないエステルさんに、なんとなくその辺を聞くのは憚《はばか》られ、私は尋ねることはしなかった。沈黙《ちんもく》は金、だったかな。

最後に、オレンジ色の髪を揺《ゆ》らしルレットさんが現れた。

「呼んでくれてありがとうございますぅ。これは果物を絞《しぼ》ったジュースでぇ、私からの差し入れですよぉ」

「こちらこそ、来てくれてありがとうございます。ジュース嬉しいです。子供達もきっと喜びます」

全員が揃《そろ》ったところで、私は燃えている薪を隅《すみ》に寄せ、丸焼きを煉瓦の囲《かこい》が無い方に移動させた。あとは皆で好きな部位を自由に食べるという感じだけれど、最初の一口は、ね。

枝肉の肩《かた》から背中の間にある、豚肉《ぶたにく》で一番美味しいとされる肩ロースを糸でナイフを操り切り分け、木皿に載《の》せる。私はそれをエステルさんに手渡《てわた》した。

「約束通り味見、付き合ってくださいね？」

「マリアさん……」

バネッサさんとお客さんは孫や娘《むすめ》を見るような温かい眼差《まなざ》しで、子供達は嬉しさ半分羨《うらや》ましさ半分といった感じで見つめる中、エステルさんが肩ロースを口にする。

「はむ……んんんっ!!!」

目が見開かれ、体がびくっと震《ふる》える。

えっ、それは料理を口にした反応として大丈夫なの⁉

私が慌《あわ》てそうになっていると、

「すっご～～く美味しいです！　とてもお肉の味が濃《こ》くて、こんなに美味しいボアのお肉は初めて食べました!!　味付けも素晴《すば》らしいです!!!」

エステルさんの大絶賛が轟《とどろ》いた。びっくりしたけれど、喜んでもらえて良かった。

「今日は遠慮せず沢山《たくさん》食べてくださいね。では皆さんも……」

そう言って振り返ると、ナイフを片手に血走《ちばし》った目の子供達が迫《せま》っていた。

私が思わずたじろいだ瞬間《しゅんかん》、ボアの丸焼きへ群がり肉を切り取り始める。その中には大きな子供《おきやくさん》も交じっていて『大人げない』とバネッサさんに叩《たた》かれていた。

「……まあ、賑《にぎ》やかなのは良いことかな？」

苦笑しながら呟《つぶや》く私に、エステルさんが笑っていた。

子供達が無言で肉にかぶりついている頃、ようやく大人組も肉を口にし始めていた。

「うまっ！　なんじゃこのボアの肉、今まで食っていた物が別物に思えるぞ」

「味付けもだ。肉に染み込んだ塩気と表面の甘《あま》さがたまらん！」

「バネッサの食事よりうめえんじゃねえか？」

「最後に言ったあんた、明日からパンしか出さないから覚悟《かくご》しときな。けど、これは本当に美味しいね」

余計な一言を口にしたばかりに、慌ててバネッサさんに謝罪するお客さん。あ、この人さっき子供達に交ざって肉を取ろうとして叩かれた人だ。

「ふふふ、楽しいですねぇ。わたしはβの時からＭＷＯをしていますけどぉ、大勢の住人の方とこうして楽しく食事をするのは初めてですよぉ」

美味しそうにロースの部分を頬張《ほおば》っていたルレットさんが、おっとりと話しかけてきた。

「そうなんですか？　食事って、住人の方も冒険者《ぼうけんしゃ》も関係なく必要なことですよね。βの時と今で、何か違ったりするんでしょうか」

「βの時は住人の方は従来どおりのNPCという感じでぇ、こんなに表情豊かだったりはしませんでしたねぇ」

「じゃあ、あの謳《うた》い文句は正式サービスに向けたものなんですね。〝現実を凌駕《りょうが》する〟っていう」

「そうかもしれませんねぇ。βの頃は五感の再現性は最低限といった感じでぇ、料理もステータスの向上がメインで味は二の次でしたからぁ。それがこんなに美味しく感じられるようになっていたなんてぇ、もっと早く知っておけばよかったですよぉ」

「ではまた何か作ったら、お裾《すそ》分《わ》けしますね」

「それならお返しにぃ、私はマリアさんへ服でも作りましょうかぁ」

「ええっ、それだと釣《つ》り合いが取れませんよ！」


楽しい時間は、あっという間に過ぎていく。

お腹いっぱいになった子供達《たち》がうとうとし始めた頃、エステルさんは寝《ね》かしつけてくると言って、子供達を連れ離《はな》れていった。

手伝おうと思ったら、アレンさんが既《すで》に動いていて、腕を震わせながら両方の腕に子供を抱《だ》いていた。無理して腰《こし》とかやらないといいんだけれど。

逆に残った大人組はお酒が入り、さらに盛り上がっていた。テンション高いなあと思っていると、急に声をかけられた。

「こんなに美味《うま》い肉を食わせてもらってありがとよ、マリアちゃん！　だが礼の一つで済ませたとあっちゃあ漢《おとこ》が廃《すた》るってもんだ！」

「あんた散々食った後に何寝ぼけたこと言ってんだい」

バネッサさんの的確なツッコみだ。隣《となり》でルレットさんが吹《ふ》いている。

「それを言うなよバネッサ！　ってことで、俺に何かして欲しいことはないか!!」

いや、急にそんなことを言われても困るよ。本当なら何か役立つ物だったり、情報をもらったりするのかな？　でもそれが何かも分からないしなあ。

して欲しいこと、して欲しいこと……う～ん。

その時、教会から戻ってくるエステルさんとアレンさんの姿が見え、不意に閃《ひらめ》いた。

「教会の修繕《しゅうぜん》をお願いできますか？　できる範囲《はんい》でいいので。床《ゆか》とか、傷《いた》んで穴が開いているところがあるんですよ」

私がそう言うと、何故《なぜ》か皆《みんな》ぽかんとした顔になった。そして顔を見合わせ、一斉《いっせい》に笑い出した。

えっ、なんで笑うの！

ルレットさんまで⁉

「ここで教会の修繕か、さすがマリアだねえ」

「ふふふ、ほんとさすがマリアさんですよねぇ」

しかもバネッサさんとルレットさんが仲良くなっているし……。

置いてけぼりの私をよそに、今夜来てくれたバネッサさんのお客さんは、全員が何かしら教会の修繕を行うことで話がついてしまった。

「皆さん楽しそうですね」

楽しそうなのは私以外なんですよエステルさん！

その後はエステルさんとアレンさんも会話に加わり、私は話の肴《さかな》にされながら夜は更《ふ》けていった。

片付けを終えると皆はそれぞれ家に、ルレットさんは利用している宿へ帰っていった。

「そういえば私もそろそろ戻らないと」

ＭＷＯは現実世界に対し四倍の速さで時間が進む。こちらに来て既に十六時間くらい過ぎているから、現実では四時間過ぎていることになる。午後二時頃に始めたから、現実ではそろそろ夕飯時だね。

「そういえばログアウトする時って、やっぱり宿とかがいいのかな？」

料理のことで頭がいっぱいで、宿について全く考えていなかったよ……あれ、ルレットさんに付いていけば良かったのでは？

なんて抜けているんだろう、私。今からでもルレットさんに聞けば早いのだけれど、さっき別れたばかりで声をかけるのも何か恥ずかしいし、う～ん。

「マリアさん、どうかしましたか？」

「エステルさん……実は宿を取るのを忘れていて、どうしたものかと悩《なや》んでいたんです」

呆《あき》れられるかと思ったら、エステルさんは指を組んでもじもじと、何か言いたそうにしていた。少し顔が赤い？　バネッサさんが持ってきてくれたお酒でも飲んだのかな？

気まずさとも違う、形容《けいよう》しがたい空気が流れ、やがてエステルさんが口を開いた。

「あの、それでしたら私達と一緒に、教会に泊《と》まってはいかがですか？」

「いいんですか？　私は部外者で、信仰心《しんこうしん》とかもありませんけれど」

「私達のために多くのことをしてくれたマリアさんが、部外者なわけありません。その行いこそ神様は見てくださっています。ですから何の心配も要《い》りませんよ」

エステルさん、なんて良《い》い人なんだろう。

「それでは、お言葉に甘えさせてもらってもいいですか？」

「はい！」

今日一番の笑顔を向けられ、思わずドキドキしてしまった。これはエステルさんが可愛《かわい》過ぎるのがいけないね、うん。

案内された教会の部屋は、質素だけれど生活感のある部屋だった。物置とか大部屋で雑《ざ》魚寝《こね》を想像していたので、ちょっと意外。

「ではゆっくりお休みください。私はもう一度、子供達の様子を見てきますので」

「分かりました。ありがとうございます、エステルさん。お休みなさい」

エステルさんを見送ってから、硬《かた》い寝台《しんだい》に横になる。ログアウトを行うと私の意識は途《と》切《ぎ》れ、ＭＷＯの初日はこうして無事に終わるのだった。

幕間一▼▼真里姉とあるシスターの独白

私、エステルが先代シスターから教会と子供達を託《たく》されたのは、今から二年前のこと。

以前から補助のお金は十分ではなかったのですが、ここ最近はさらに少なくなり、街の人の善意によってなんとか子供達を食べさせてあげられる、そんな状況《じょうきょう》が続いていました。

特に、兎《うさぎ》の尻尾《しっぽ》亭《てい》のバネッサさんには何度も食料を頂いて、感謝してもしきれません。

冒険者ギルドのアレンさんも、何かと様子を見にきてくれるのはありがたいものでした。

教会とはいえ、女の私と子供達しかいませんから、男の方がいるだけで安心できる部分は、少なからずあったのです。特に冒険者の方がこの街に来るようになってからは無遠慮《ぶえんりょ》な視線を向けてくる方もいて、私は密《ひそ》かに危機感を募《つの》らせていました。

そういった事情から、私は教会本部へ何度も手紙を出し支援《しえん》を訴えたのですが、返ってくるのは『検討する』の一言ばかり。私は自分で選んだ道ですから、覚悟はできています。

けれど子供達には不安のない日々を過ごさせてあげたい……そう思い、半《なか》ば諦めながらも新たに教会本部へ宛《あ》てた手紙を書きました。そして手紙を持って外に出た時、私は彼女《かのじょ》に出会ったのです。

彼女は、マリアという名前の女の子でした。長く艶《つや》やかな黒髪《くろかみ》に、空色《そらいろ》の大きな瞳《ひとみ》。肌《はだ》は白く、小さな体は華奢《きゃしゃ》で、手足は教会の子供達より細く見えました。容姿は子供に違《ちが》いないのですけれど、それ以上に彼女の持っている雰囲気《ふんいき》が気になり、私は声をかけていました。

教会の子供達は、親に捨てられたことで人に怯《おび》え、心を閉ざす子が多いのです。しかし彼女は、生きることを迷っているように思えました。迷い子を導くのも教会の、シスターの務めです。

食事に誘《さそ》い……足りない分は私が我慢《がまん》すればいいですね。鍋《なべ》を持って広間に戻ると、彼女は糸を操《あやつ》り人や動物を宙《ちゅう》に描《えが》いて子供達に見せていました。冒険者の方の多くがスキルを持っていると聞いたことがありますが、これがそうなのですね。それにしても、なんて精緻《せいち》な動きなのでしょう。街の職人の方でも、ここまで見事に糸を扱《あつか》うことはできないと思います。

食器を片付ける際、強引《ごういん》に連れてきてしまったことを、孤児《こじ》に間違《まちが》えたからと伝えましたが、本当のところは疑われずに済んだようです。

別《わか》れ際《ぎわ》、冒険者であれば冒険者ギルドを訪《おとず》れるのが良いかと思い、私はアレンさんへ手紙を届けることを依頼《いらい》しました。断られるとは思いませんでしたけれど、仕事でなければと言って受けてくれたこと、私の体調に気付いていたことには驚きました。

そしてもっと驚かされたのは、会ったばかりの私のために、彼女からお金と食料を渡《わた》されたことです。

冒険者の方が初めてこの街に来る時に所持するお金が千Gで、携帯食《けいたいしょく》が五個というのは、食堂で冒険者の方が愚痴《ぐち》を溢《こぼ》しているのを聞いたバネッサさんから、以前教えてもらっていました。

しかし彼女が街に慣れている様子はありません。つまり渡されたお金と食料は、彼女の全てだったはずです。それを何の見返りも求めず、躊躇《ためら》いなく渡せるなんて……恥《は》ずかしながら、私にはできそうにありませんでした。

さらに容姿からは想像もできない程《ほど》、実感と深い慈《いつく》しみのこもった優《やさ》しい言葉をかけて頂いては、私の張り詰《つ》めていた糸は容易に切れてしまい、涙《なみだ》が溢《あふ》れてしまいました。今思うと、彼女に対し生きることを迷っている、などと上から目線で感じていた自分が本当に恥ずかしく、顔から火が出る思いです。

その時からでしょうか、私にとってマリアちゃんが、マリアさんになったのは……。

アレンさんが教会にいらしたのは、それからしばらく後のことでした。差し入れといってボアのお肉を頂きましたが、私はアレンさんの事情を知っています。体の悪いご家族を養うためにいつも遅くまで働いていて、お金に余裕《よゆう》はないはず。

何か無理をしたのではないかと尋《たず》ねたところ、冒険者の方が格安で依頼を受けてくれたと教えてくれました。

その方にもお礼がしたいと思い特徴《とくちょう》を尋ねると、小さな女の子で、私の名前が出たら引き受けたというではありませんか。思い当たる方は、一人しかいません。そして事情を詳《くわ》しく聞くうちに、私は青ざめたのです。

〝試《ため》しの森〟とは、冒険者の方が戦いに慣れてから、独り立ち出来るかを試すために行く場所です。確か彼等《かれら》の強さでいうと、レベルが十程度からだったと思います。

それを初心者のマリアさんに強引に頼《たの》むなど、人としてあるまじきことです。アレンさんはパーティーを組んで行くものと思っていたようですが、それならばそう警告しなくてはならないはず。その時点で、私はアレンさんを地面に正座させていました。

結果的にマリアさんは無事戻られたようですが、アレンさんに報告を終えたと同時にマリアさんの姿が消えたと聞いた時は、卒倒《そっとう》しそうになりました。

マリアさんが力尽《ちからつ》きてしまわれた原因は、私に食料を渡してしまったことと無関係ではないからです。

幸い、冒険者の方は外の神様の力により命尽《つ》きた後もこちらに戻って来られるらしく、マリアさんをこの目で見た時は心の底から安堵《あんど》しました。

そしてその日の夜、マリアさんは味見という口実で、私と子供達に食べ切れない程の美味《お》しいボアのお肉を振《ふ》る舞《ま》ってくださいました。こんなに美味《い》しい物を食べたのは、生まれて初めてです。

料理ができて、こんなに大きなボアを倒《たお》せるくらいに強く慈悲《じひ》深いマリアさんは、神様の御使《みつか》いと言われても私は信じたと思います。

皆さんと楽しい食事を終えた後、マリアさんはどこか困った様子でした。聞けば泊まるところを決めていなかったとのこと。私は思い切って教会に泊まることを提案しました。

少しでも恩返しがしたかったのです、それ以外の理由なんてありません、ええ、本当です。ですから、たまたま空いている部屋がなく、私の部屋で休んで頂いたのも仕方のないことなのです。

その日、私はマリアさんに出会えたことを神様に感謝し、子供達と一緒に眠《ねむ》りについたのですが、何故か胸が苦しく、なかなか寝付《ねつ》くことができませんでした。

第二章▼▼真里姉と弟妹と新しい小さな家族

ログアウトしてブラインドサークレットを外した私の目に映ったのは、真っ白な天井《てんじょう》。
一年前に目覚めた時に見たのと、同じ天井だ。
「もう一年経《た》つんだよね」
目覚めた時のことは、未《ま》だ鮮明《せんめい》に思い出すことができる。
どうも昔を思い出してしまうのは、きっとエステルさんに会ったせいだ。
どこか境遇《きょうぐう》の似ている、エステルさん。そしてエステルさんを慕《した》う、子供達。
幸いまだ真人《まさと》も真希《まき》も声をかけにくる気配がない。
私は今の自分を見つめ直すため、思い出した過去の記憶《きおく》に沈《しず》むことにした……。

＊＊＊＊＊＊＊＊＊＊＊＊＊＊＊＊

＊

目が覚めたら見知らぬ天井だった。

アニメやドラマでは良く見る冒頭《ぼうとう》の台詞《せりふ》。そんな言葉をまさか私も思《おも》い浮かべる日がくるなんて、人生何があるか分からない。

そんなことを考えていたら、〝ガタッ〟と大きな音がした。

授業中に居眠《いねむ》りしていた男子が、先生に名前を呼ばれ慌てて立ち上がった時に出す音に似ているなと思ったら、本当に男子の顔が視界の中に飛び込んできた。

「真里姉！　意識が戻ったのか!!」

おそらく世間的には整った顔立ちなはずなのに、今は目を見開きとても興奮した様子で、正直ちょっと怖《こわ》い。そもそも、

「えっと……どちら様ですか？」

真里というのは確かに私の名前だけれど、こんな男子と知り合いになった記憶はない。

バイトと家事と学校、合間に睡眠《すいみん》という感じで二十四時間遊びの無い私に、男子と知り合うだけの時間的余裕は皆無《かいむ》だ。

「なっ!?　俺《おれ》だよ俺!!」

「えっ、家《うち》は騙《だま》されても差し上げられるようなお金なんてないですよ？」

「違《ちげ》えよ詐欺《さぎ》じゃねえ！　なんで家族相手に騙すんだよ！　ってかなんでこんな話しなきゃいけねえんだよ‼」

「そんなこと言われても……」

まあ、直接顔を合わせておきながらオレオレ詐欺もないか。というか、家族？

家族……そして私のことを真里姉と呼ぶのは弟妹のうち………。

「ひょっとして、真人？」

「そうだよ真里姉！　良かった、意識が戻って本当に良かった‼」

顔をくしゃくしゃにして両手で目を覆《おお》い泣く仕草《しぐさ》は、確かに小さい頃《ころ》の真人そっくりだった。

「本当に真人なの？　でもその姿、どうして……」

弟の真人は私より五つ下の十三歳《さい》。身長は百四十センチくらいの私と同じだったはずだけれど、目の前にいる真人はどう見ても中学生には見えない。身長も百七十センチ以上ありそうだし、顔立ちも男の子から青年のそれに変わっていた。

ちょっと待って、何がどうなっているの？

急に怖くなり、自分の体を抱きしめようとした、その時。

「……あれ？」

腕《うで》が、動かない。

足も、動かない。

起き上がることさえ、できない。

私は一体、どうしてしまったのだろう。混乱する私の頭に、優しく手が乗せられた。

「混乱するのも無理ねえさ。まずは落ち着いてくれ。ゆっくり話すから。でも本当に、良かった……」

泣き止《や》む気配はなく、真人が心から喜んでくれているのが分かり、私はその分だけ気持ちを落ち着けることができた。

どうやら大変なことになってしまったようだけれど、真人は立派に育ってくれている。

それだけで、私は自分のことなんかどうでもいいくらいに嬉《うれ》しい、そう思えた。


真人が泣き止むのを待ってから、私は衝撃《しょうげき》の事実を伝えられた。

「……嘘《うそ》、私五年も意識を失っていたの？」

「本当だ。真里姉は深夜のバイト帰りに、駅の階段で足を踏《ふ》み外《はず》して病院に運ばれたんだよ。どうやら頭を打ったらしく、ずっと目を覚まさなかったんだ。その日から今日でちょうど五年になる」

そう言われると、掛《か》け持ちしたバイトが終わった後、疲《つか》れから意識が怪《あや》しい状態で駅の階段を下りたような気がしなくもない。

「長く意識が戻らないのは頭を打った時の衝撃の他に、積み重なった疲労《ひろう》で体がボロボロだったのも原因らしい。母さんが死んでから真里姉、俺達のためにずっと無理していただろう」

「……そんなこと、ないよ？」

すっと目を逸《そ》らしたいけれど、首を動かすこともできないので難しい。

「真里姉が倒れてから、バイト先から次々連絡《れんらく》がきたぞ。掛け持ちしていたのは知っていたけど、一日に四つはやり過ぎだ。しかもそれを数年続けていたなんて、学校の先生だけじゃなく、病院の先生も怒っていたからな。勿論《もちろん》、俺も。あと……」

「お姉ちゃん！」

聞き覚えのある声が、と思ったら髪をツインテールにした女の子に抱きしめられていた。号泣《ごうきゅう》しているけれど、あどけなさの残る可愛い顔立ちは記憶にあるものと違わず。

私の七つ下の妹、真希。五年という月日が流れていることを教えてもらったからか、真人を目にした時程の驚《おどろ》きはない。

でも待って。身長が私より高くなっているのはいいとして、この胸部の豊かさは何かな？

ただでさえ脆《もろ》くなっていた私の〝姉《あね》デンティティー〟の崩壊《ほうかい》が、止《とど》まるところを知らないよ……。

「お姉ちゃん！　お姉ちゃん!!　お姉ちゃん!!!」

それでも、こうして真希の元気な姿が見られるのはいつ以来だろう。

真希がお家大好きっ子になり、自分の部屋から出なくなったのが私の記憶で二年前。

五年が過ぎた事も加えるなら、七年前。ご飯を持って行く時、扉越《とびらご》しにほんの少し言葉を交《か》わすだけだったけれど、真希は元々明るく優しい子だった。だから私も真人も、真希がいつか心の扉を開いてくれるのを信じて疑わなかったけれど、こうして顔を見ることができると、もう胸がいっぱいで……だめだ、視界がぼやけて真希の顔も、真人の顔も良く見えないよ……。

気が付けば、私達三人の泣き声だけが辺りに響《ひび》いていた。

三人が一緒に泣くなんて、母さんが死んでしまった時以来かな。でも今度の涙は、とてもあったかくて……。

その時、雲が途切れたのか陽《ひ》の光が差し込んできた。

風に吹《ふ》かれたカーテンが、光を受けて雨上がりに見える光芒《こうぼう》のように広がる。

私にはそれが、母さんが私達を抱きしめてくれているように見えた……。


「ところで、ここはどこ？」

互《たが》いに落ち着いた頃、私は改めて聞いてみた。五年後という衝撃の事実と、すっかり成長した弟妹にそれどころではなく後回しにしていたけれど、今いる部屋は白く清潔《せいけつ》で広い部屋だった。

病院ならＶＩＰ用の個室とかかな？　見たことないけれど。でもそれにしては他に人の気配がなく、病院特有のケミカルな臭《にお》いもしないのは不思議だ。

そんなことを思っていると、告げられた事実は私の想像の斜《なな》め上どころではなかった。

「お姉ちゃん、ここはわたし達の新しいお家《うち》だよ！　そしてこの部屋はお姉ちゃんの部屋！」

「は？」

もう何度驚いたか分からないけれど待って欲《ほ》しい。新しい家？　意味が分からない。

「新しい家って、どうしたの？」

「買ったんだよ！」

「はあっ⁉」

私の意識がなかった五年の間に、物の価値も変わったのかな？

それでも家って、そんな気軽に買えるような物じゃないよね⁇

まして五年経ったとはいえ、弟も妹もまだ未成年のはずなのに……落ち着け私、まだ取り乱すには早い。もう手遅《ておく》れな気がするのはこの際無視！

「買ったって、お金は？　いくらしたの？」

「お金はもちろんわたしのだよ！　中古だからそんなに高くなかったし。確か五億円くらい！　あと家って言ったけど、正確にはマンション一棟《いっとう》！」

「五億円のマンション一棟……」

途方《とほう》もない金額にくらりと意識を失いそうになる。実は嘘でしたと言ってくれた方がまだ信じられるのに、真人の口から出た言葉はその逆で。

「事実だ真里姉。マンションを一棟買いしたのも、それだけの金を真希が持っているのも。未だに俺も、信じられねえ時があるけどさ……」

ああ、真人がどこか遠い所を見るような目を。きっと私と同じ衝撃を受けたんだろうな。

「けれど、それだけのお金をどうやって？」

子供のお小遣《こづか》いとはわけが違うよね。私はその一万分の一を稼《かせ》ぐにも、毎日必死だったんだけれど。

「真里姉が俺達《おれたち》のために朝から晩まで働いてくれて、しかも小遣いまでくれてさ。真希はそれを全部貯《た》めていたんだよ。そして六年前、真里姉の感覚だと一年前から、あの野郎《父親》が残していったパソコンで株の勉強を続けていたっぽいんだ。真里姉を楽させるんだって。そのために朝から晩まで勉強と取引を並行《へいこう》してやってさ。結構失敗もしたらしいけど、着実に元手《もとで》を増やしていって、気が付いたらマンション買えるくらいになっていた。今じゃ株の世界ではちょっとした有名人みたいだぜ」

「真希……」

部屋の中で一人、そんな風に想《おも》ってくれていたなんて……お金のことなんかより、その気持ちが嬉しくて泣けてくる。もうお姉ちゃん涙腺《るいせん》が緩《ゆる》みまくりだ。

枕《まくら》が濡《ぬ》れる前に、そっとハンカチで真希が涙を拭《ぬぐ》ってくれた。

「時間かかってごめんね、お姉ちゃん。それと、今までありがとう。顔を合わせる勇気はなかったけど、扉越しにお姉ちゃんと話せて、お姉ちゃんがわたしを信じてくれているの、ちゃんと伝わっていたよ」

そう言って、とても可愛い笑顔《えがお》を見せてくれる。真人といい、うちの弟妹は本当に最高だよ。

「俺も心配していたんだが、礼を言われたことなんてあったか？　というか真里姉のくれた小遣いを入金したり、手続きを手伝ったのは俺だよな？」

「真兄《まさにい》は穀潰《ごくつぶ》しだからいいの」

「ひどっ⁉」

遠慮《えんりょ》のないやりとりは母さんがいた頃のようで、まるで昔に戻《もど》ったみたいだ。新しく伝った涙は、今度は真人が拭ってくれた。

「もうお金の心配は要らないよ！　これからは、わたしが家族を支えるから！」

そう宣言する真希の目は、強い意志が感じられて眩《まぶ》しいくらい。

見ているかな、母さん。

もう真希は大丈夫《だいじょうぶ》だよ。

真人も立派になったよ。

私は頑張《がんば》ったって、そう思っていいのかな？

母さんとの約束を、果たせたと思っていいのかな？

そう思ったら急な眠気《ねむけ》に襲《おそ》われ、私は大事な弟と妹の姿を目に焼き付けながら、ゆっくりと意識を手放していった。

次に目が覚めると日付が変わり朝になっていて、私は念のため病院で検査をしてもらうことになった。寝巻《ねま》き姿はどうかと思い着替《きが》えようとしたら、腕がぷるぷるするばかりで動かない。

そういえば、今の私は寝たきり後の私だった。五年も過ぎて体が衰《おとろ》えているという実感がまだ乏《とぼ》しく、以前のように動こうとして戸惑《とまど》ってしまう。

結局着替えは真希が手伝ってくれて、病院までの移動は真人がしてくれた。真人はこの日のために十八歳になってすぐ免許《めんきょ》を取ったらしく、凄《すご》く張り切っていた。あまりに張り切っているものだから、逆に事故を起こさないか心配だったけれど、水を差すのも悪い気がして何も言わなかった。

早い時間のせいか順番待ちしている人は少なく、私はすんなり検査を受けることができた。検査は大きなカプセル状の機械に横になってスキャンされたり、採血されたり、問診《もんしん》されたりと盛《も》り沢山《だくさん》だったけれど、結果は特に問題ないとのこと。ただ五年の間に筋力はかなり衰えていて、リハビリには相当な時間がかかると言われてしまった。

歩くことはおろか、一人でベッドから降りることさえできなかったから、覚悟はしていたけれどね。

病院から戻り真人に抱っこされてベッドに戻ると、気になっていたことを私は二人に聞いた。

「今日って平日だよね。真人、学校は？」

「平日だけど、俺も真希も高校は通信の学校に通っているから平気だぞ」

「真人は十八歳だから高校三年でしょう。進路はどうするの？」

「高校と同じで通信の大学にいく。俺は理学療法士《りがくりょうほうし》になりたいんだ」

「理学療法士？」

「簡単に言うと、怪我《けが》や病気で身体機能《しんたいきのう》の弱った人のリハビリを助ける人だな。真希とは違うやり方で、俺は真里姉を支えたいんだ」

真《ま》っ直《す》ぐこちらの目を見て告げられた、真剣《しんけん》な言葉。

いきなりそんなこと言われたら、お姉ちゃんドキッとしちゃうでしょう。

「真人……でもそういうのって実技が必要じゃないの？　通信でできることには限界がありそうだけれど」

「今はＶＲが発達していて、大抵《たいてい》の実習は設備さえあれば自宅で受講可能なんだ。それに直接人で行う実習も、俺には真里姉のリハビリを担当することでクリアできるからな」

「格好《かっこ》いいこと言っているけど、真兄の学費を出してあげるのはわたしだからね？」

「うぐっ」

ニヤニヤと笑う真希に、真人が良いボディーをもらったボクサーのように呻《うめ》く。

「ふふ、二人は仲良いね」

「違うよ！　仲が良いのは、わたし達三人!!」

抱きついて頭をぐりぐり押《お》し付けてくる際、綺麗《きれい》に結《ゆ》わえられたツインテールが犬の尻《しっ》尾《ぽ》のように揺《ゆ》れていた。早く頭を撫《な》でてあげられるよう、リハビリ頑張らないとね。


リハビリを始めて、半年。

最初の二週間は衰え固まった筋肉を驚かせないよう、私は真人にマッサージと軽くストレッチをしてもらった。ストレッチは日に数セット行ったのだけれど、これが予想以上に辛《つら》く、一セット終わる毎《ごと》に魂《たましい》が抜《ぬ》ける程ぐったりした。ストレッチは軽い内容なのに、やってみるとハードトレーニングに匹敵《ひってき》するという事実が、私の体の現状を無慈悲《むじひ》に教えてくれる。

それでも二週間が経つ頃にはだいぶましになり、心臓が爆発《ばくはつ》しそうになることはなくなった。ただ、本当に辛くなるのはそれからだった。真人に支えられリハビリを頑張ったけれど、思ったより体が動くようにならなかったのだ。半年続けたリハビリの成果といえば、少し腕を上げたり、足を上げたりできるようになったくらいで、歩いたり重い物を持つには程遠《ほどとお》い。

真人もおかしいと感じたらしく、真希にも心配されたので改めて病院で検査をしてもらったところ、思わぬことが判明した。それは脳から出る体を動かすための信号が、普通《ふつう》の人よりとても弱くなっているということだった。原因は不明。けれど、神経が切れたりしているわけではないらしい。だからスキャンでは異常が見つからなかったんだね。

ただ、普通に動けるようになるためのリハビリはより長く必要で、そしてどこまで回復できるかも分からないと言われた。その言葉を聞いた私は、目の前が真っ暗になり何もかも諦《あきら》めてしまいそうになった。

以前の私なら、弟妹のために何がなんでも立ち直ってやろうと意気込んだと思う。でも、真人も真希も立派になり生活の心配も要らない今、私は私のために頑張る意味を見出《みいだ》せなかった。リハビリは辛く苦しいし、こんな体では二人に何かをしてあげることもできない。

むしろ私は、二人の重荷になってしまっているんじゃないか？

その想いは、半年の間ずっと胸の奥《おく》に秘《ひ》めていたことで、五年の浦島太郎《うらしまたろう》状態も、その想いを助長《じょちょう》していた。

ああ……心が暗く、重たい。

際限《さいげん》なく沈んでいく気持ちを、私はどうすることもできなかった。

検査の結果を受けてから一週間。リハビリは続けているけれど、沈んだ気持ちはなかなか浮上《ふじょう》せず、真人にも真希にも心配をかけてしまった。ダメなお姉ちゃんだな、私。

気持ちを切り替《か》えようとして、努《つと》めて明るく振る舞いリハビリを頑張ってみたけれど、その半年後の検査でも大した改善は見られず、私は再び先の見えない現実に突《つ》き落とされることとなった。

こんな体になった私が悪いのかな？

もういっそのこと……そう考えたことは、一度や二度じゃない。それでも留《とど》まることができたのは、真人と真希がいてくれたから。だからまだ諦めないでいられる、いられるけれど。

「いつまで頑張れるかな。いつまで、頑張らないといけないのかな……」

そんな風に私の中でゆっくりと、けれど着実に心が腐敗《ふはい》していった時だ。

真人から『たまにはゲームでもして息抜《いきぬ》きしろよ』と言われ、ＭＷＯを手渡《てわた》されたのは。

そして気乗りしないまま始めたゲームの世界で、私は久しぶりに弟妹以外の人と関わった。実際はＭＷＯの住人の方と、冒険者《ぼうけんしゃ》のルレットさんだけれどね。

話をして、関わって、助けて、助けられて……。

楽しい……そう、楽しかったんだ。

私は、楽しいと思うことができたんだ。

まだ私の心には、そう思えるものが残っていた。それに気が付いた時、私がしたいと思ったことは……。

＊
＊＊
＊＊＊＊＊
＊＊＊＊＊＊＊＊

「「……！」」

半《なか》ば覚醒《かくせい》している状態の私に、声がかけられている。

声がした方に目を向けると真人がいて、真希がいた。

「真里姉！」

「お姉ちゃん！」

どこか慌《あわ》てたような表情をしているけれど、何かあったのだろうか。

「……二人とも、どうしたの？」

『『どうしたの？』じゃねえよ！　夕飯できたからって呼びかけても反応ないから焦《あせ》ったんだぞ」

「そうだよ！　薄《うす》く目を開いているのに微動《びどう》だにしないんだもん!!」

それは確かに焦るというか、怖いよね。苦笑《くしょう》した私に、二人は一瞬《いっしゅん》驚《おどろ》いたような顔をしたけれど、それはやがて笑《え》みに変わっていった。

「MWOはどうだった？　お姉ちゃん」

真希に聞かれた私は、たった一日の間に起こったMWOでの出来事を思い出し、笑顔で答えた。

「楽しかったよ。二人に話したいことが、いっぱいあるんだ」

その日、私達三人は遅《おそ》くまでMWOについて語り明かした。

三人で時間を忘れ話した後、私は真希にお風呂《ふろ》に入るのを手伝ってもらい、真人にベッドに運んでもらった。

時間は午前零《れい》時。普段《ふだん》ならとっくに眠りについている時間だけれど、楽しかった時間の熱が残っているせいか、全然眠くならない。

枕元《まくらもと》には、ログアウトした時に外したブラインドサークレットがそのまま置かれていた。

「あれから六時間経っているから、ＭＷＯの世界だと二十四時間経過していることになるのかな」

なんだろう、ゲームの世界では一日過ぎているだけなのに、このそわそわする感じは。

結局、眠れず起きているのなら何かをしていても一緒《いっしょ》だよね、と自分に言い聞かせ、私はブラインドサークレットを装着し再びＭＷＯの世界にログインした。


目覚めてまず感じたのは、背中の硬い感触《かんしょく》。

「そういえば、エステルさんが用意してくれた寝台《しんだい》でログアウトしたんだっけ」

体を起こし外を見れば、真っ暗な夜空に月が煌々《こうこう》と照《て》っている。

扉を開けて廊下《ろうか》に出ると、辺りはしんと静まり返っていた。丸一日過ぎたとすれば、この時間にエステルさんや子供達が起きているはずもないか。

私はできるだけ足音を立てないよう気をつけながら、教会から外に出た。

現実と異なり、ＭＷＯの夜の街はとても暗い。街灯がないのと、夜に活動している住人の方が圧倒的《あっとうてき》に少ないんだろうね。代わりに冒険者然《ぜん》とした人はちらほら見かけた。レベル上げにでも行くのかな？

特にやることがなかった私も、それに倣《なら》うことにした。行き先は〝試《ため》しの森〟一択《たく》。他の場所はまだ知らないいし、あそこなら戦い方も分かっているしね。

前回と同様、街を出てから十分程歩いて森に着くと、森の中は月の光も届かず真っ暗だった。そこで私は、アイテムボックスからある物を取り出した。

「早速《さっそく》これを使うことになるなんて思わなかったな」

私が手にしているのは【光石《こうせき》】という白っぽい石。持っていると周囲数メートルを明るく照らすアイテムで、食材を買った時におまけしてもらった物だ。今それに助けられていることを思えば感謝しかないのだけれど、『お嬢《じょう》ちゃんに暗い夜道は危険だからね』と言葉を添《そ》えられたのは納得《なっとく》がいかない。私はこれでもお姉さんなんだよ？

……自分でこれでもと言っているあたりもう手遅れな気がするけれど、私は気付かなかったことにした。

【光石】が照らす光のおかげで転ばずに森の中を歩き続けること、しばらく。

足音に、いつの間にか私のものではない音が混ざっていることに気が付いた。咄嗟《とっさ》に糸を張ったのと、それが飛び込んできたのはほぼ同時。間一髪《かんいっぱつ》で攻撃《こうげき》を防ぐことはできたけれど、反撃《はんげき》に移る余裕はなく、その間に相手は闇《やみ》の中に引き返してしまった。

一瞬だけ見えたその姿は大型の犬、本で見たシベリアンハスキーに近かった気がする。

張った糸を盾《たて》にして、樹《き》を背にする。これで背後から襲われることは防げるはず。さらにできるだけ糸を張り守りを固めていると、相手がゆっくり光の中に現れた。

「ブラックウルフ……」

姿を認識《にんしき》したことで表示される、相手の名前。犬ではなくまさかの狼《おおかみ》、しかも現れたのは一匹《ぴき》、二匹、三匹⁉

複数を同時に相手した経験はないけれど、ボアのように突っ込んでくるなら対処できるかな？　糸で絡《から》めて動きを止めてしまえば、あとは一匹ずつ倒せばいいだろうし。

けれどそんな私の考えを見抜《みぬ》いたかのように、三匹は私の周りをグルグル回るだけで、無闇《むやみ》に突っ込んでこない。

試しに二本目の糸を仕掛《しか》けてみたけれど、もう少しというところで躱《かわ》されてしまった。

惜《お》しい！

こうなると不利なのは私だ。糸を操《あやつ》っている間はＭＰを消費する。何か倒す手段を見つけないと、ＭＰが切れてブラックウルフの餌《えさ》になってしまう。

「せめて一匹でも倒せたらいいんだけれど……」

アイテムボックスに、使えるような物はない。スキルも、この場で役立ちそうな物を都合良く覚えていたりはしないか。

「それなら」

私は二本目の糸による攻撃を一匹に集中し、何度も仕掛けた。躱されても構わず、愚直《ぐちょく》に、真っ直ぐ仕掛ける。そのうち相手も慣れてきたのか、こちらの攻撃に対し最小限の動きで躱すようになってきた。

学習能力が高いね。だから私は成功を確信し、攻撃を仕掛けた最中に、カリュドスとの戦い後放置していたステータスポイント二をDEXに振った。それにより攻撃の途中《とちゅう》で糸の飛ぶ速さが増し、躱すタイミングを覚えてしまったブラックウルフを捕《と》らえることに成功する。私は捕らえた糸を即座《そくざ》に首に巻き付け、窒息《ちっそく》させにかかった。

「「ギャワワンッ!!」」

仲間の危機に二匹が助けようとするけれど、糸を外すことなんてできるはずもなく、やがてHPが尽きて光の粒子《りゅうし》に変わった。

動揺《どうよう》したのか、二匹の反応が鈍《にぶ》い。私はその隙《すき》にもう一匹を狙《ねら》い、最初の一匹と同じ末《まつ》路《ろ》を辿《たど》らせた。これで一対一。

この時にはもう三匹目は立ち直っていたけれど、守りに使っていた糸も攻撃にまわし、着実に追い詰め倒すことができた。

『レベルが8になりました。【操糸《そうし》】スキルのレベルが9になりました』

不意を突かれて苦戦したけれど、その甲斐《かい》あってレベルとスキルレベルが上がった。
二つのレベルが上がったおかげで、その後は危なげなくブラックウルフを倒すことができ、何回かは【捕縛《ほばく》】にも成功した。一度に襲ってくる数が増えなかったことにも助けられた感じかな。さすがに四匹以上で一斉《いっせい》に来られたりしたら、対処が難しかっただろうしね。

その結果がこんな感じ。

（マリア：道化師《どうけし》 Lv7→10）
STR 1　VIT 2→3　AGI 3→4
DEX 32→44　INT 4　MID 6→8
（スキル：スキルポイント＋35）
【操糸】Lv9→Lv10　【捕縛】Lv3　【料理】Lv2

レベルが十になった時、ステータスポイントやスキルポイントがいつもなら＋一される
のに、＋五となったのは特別なのかな？　まあ気にせず振ったけれど。
「それにしても、ＤＥＸがこれだけ突出《とっしゅつ》しているのは良《い》いのかな？　そして本当にＳＴＲ
が死んでいるな、私……」
レベルが十に上がってＳＴＲが一つも上がらないのは道化師というジョブの性質なのか、
私だからなのか。とはいえ、ここまできたらＳＴＲにステータスポイントを振る選択肢《せんたくし》は
もうないよね。あとスキルポイントが随分《ずいぶん》余っているんだけれど、皆《みんな》はどのくらい消費し
ているのだろう？　今度ルレットさんに聞いてみようかな。
そう思いステータス画面を閉じようとした時、一文見落としていたことに気が付いた。

『【操糸】がLv10となったため、【傀儡《くぐつ》】のジョブスキルが取得可能となりました』

説明を読んでみるとこんな感じのスキルだった。

【傀儡】

糸で物に意思を伝え、物に自立した動きをさせることができるようになる。

その強さはステータス、スキルレベル、操る物の品質に依存《いぞん》する。


取得に必要なスキルポイントは五。ジョブスキルだから、覚えれば戦い方の幅《はば》が広がるかな？　スキルポイントは余っているし……取るか。

『【傀儡】を取得しました』


新しいスキルを取得し、さて何で試《ため》そうかと思案《しあん》していると、ちょうど良い物があったことを思い出した。

もしかすると、子供の時からのもう一つの夢が実現できるかも。

この時は軽い気持ちでそう思っていたんだけれど、それがあんなことになるなんて、その時の私は夢にも思っていなかった……。

【傀儡】を覚えた頃、月明かりも届かなかった森の中には、暗闇《くらやみ》を払《はら》うように陽《ひ》の光が差し込み始めていた。

「いつの間にか、夜が明けるくらいの時間になっていたんだ」

途中から戦うことが楽しくなって、時間が経つのを忘れていたよ。

「ちょうどアイテムボックスもいっぱいになりかけているし、一度戻《もど》ろうかな」

これはモンスターが沢山《たくさん》アイテムを落としてくれたせいではなく、【捕縛】したブラックウルフのせい。というのも、携帯食《けいたいしょく》とかＨＰポーションは一つのアイテム枠《わく》の中で複数個表示されるのに、捕縛状態のブラックウルフは一匹で一つの枠を占有《せんゆう》したからだ。そのため私のアイテムボックスは今、六割が捕縛状態のブラックウルフで占《し》められている。

捕縛し過ぎたかな？　解体にどれだけ時間が必要となるのか……うん、とりあえず考えないでおこう。

夜が明けたことで相手はブラックウルフからボアに変わったけれど、ブラックウルフに慣れたせいか倒《たお》すのはかなり楽に感じた。ブラックウルフのレベルって、結構高かったのかもしれないね。

森を抜け街に入ると、日は完全に昇《のぼ》り住人の方も忙《いそが》しそうに働き始めていた。

冒険者ギルドは多くの人で賑《にぎ》わっており、パーティーの募集《ぼしゅう》や依頼《いらい》の受領、報告とあちこちで声が飛び交っている。私は解体の依頼をするため、アレンさんのいるカウンターに向かった。

「おはようございます、アレンさん」

「おはようマリアちゃん。早起きだね」

「実は夜通し〝試《ため》しの森〟で戦っていたので、早起きではないんです」

「夜の〝試しの森〟に？　ひょっとして、一人で行ったのかい？」

「そうですけれど、それが何か？」

「それが何かって……あそこは夜になるとブラックウルフという、暗闇から奇襲《きしゅう》をかけてくる上に連携《れんけい》もする厄介《やっかい》なモンスターがいるから、あまり冒険者は近寄らないんだよ。苦労の割に旨味《うまみ》が少ないといってね。一人だと尚更《なおさら》さ」

「確かに最初は苦労したけれど、慣れたら平気でしたよ。ボアより襲ってくる頻度《ひんど》も高かったので、おかげでレベルも上がりましたし」

「そ、そうか……マリアちゃんは意外と大胆《だいたん》というか、肝《きも》が据《す》わっているな」

そう言うアレンさん若干引いていた。おかしいな、私の戦い方はむしろ慎重ですよ？

「それでまた解体をお願いしたいんですけれど」

「構わないよ。ただ、今回からは解体料金をもらうことになる。支払《しはら》いは解体総額の一割をGか、解体で得られた物で相殺《そうさい》できるよ」

「それなら相殺でお願いします」

特に欲しい素材もないし、お金はあって困るものじゃないしね。

「分かった。それじゃ獲物《えもの》を見せてくれるかい」

頷《うなず》いて、私はアイテムボックスにある捕縛状態のブラックウルフを全部取り出した。

カウンターに乗り切るかな？　と思った時には既《すで》に遅く、途中からアレンさんの方に雪崩《なだれ》てしまった。

「ちょっ⁉」

多分『待って』と続けたかったんだろうけれど、その言葉はブラックウルフの群れに呑《の》まれ途絶《とぜつ》。

「えっと……大丈夫ですか？」

「……」

結局アレンさんは衝撃で気を失ってしまい、周りの職員さんが救助してくれた。そして私は、大量に物を出す時は場所を選ぶようにとこっ酷《ぴど》く叱《しか》られた。あれは確かに配慮《はいりょ》が足りなかったね、反省。

解体は量が多く一日欲しいと言われたのでそのまま預け、他に手に入れた牙《きば》や爪《つめ》は買い取ってもらった。ボアよりもいい値段で売れたのは嬉しいね。肉は料理に使うのでそのまま確保。ボアより脂《あぶら》は少ないけれど、筋《すじ》があるため焼き物には向かず煮《に》込みにするといいらしい。

冒険者ギルドを出た私は朝市でトマト、乾燥《かんそう》させた白インゲン、ニンジン、セロリ、タマネギをそれぞれ多めに買い教会へと向かった。

子供達はまだ寝《ね》ているようだけれど、エステルさんは既に起きて教会の掃除《そうじ》をしていた。

「おはようございます、エステルさん」

「マリアさん！　おはようございます」

笑顔で駆《か》け寄ってくるエステルさん。以前より肌《はだ》や髪《かみ》の色艶《いろつや》が良くなっているように思う。味見を無理強《むりじ》いしたおかげかな？

効果が現れるには早過ぎる気もするけれど、そこはゲームだからかな？　それならエステルさんにはもっと食べてもらわないとね。

「教会の調理場を借りたいんですけれど、いいですか？」

「勿論です。よろしければ、私もお手伝いしますよ」

その言葉に、一瞬悩《いっしゅんなや》む。食材を刻むのは【操糸《そうし》】ですぐ済むけれど、タマネギの皮を剥《む》いたり、セロリの筋を取ったりするのには向いていない。二十人前くらい作るつもりでいたし、お願いしようかな。

「そうですね、もし手が空いているようならお願いできますか？」

「はい！」

掃除道具を片付け二人で調理場に移ると、私は取り出した野菜の下処理をエステルさんにお願いし、ブラックウルフの肉の下拵《したごしら》えに取り掛かった。ボアの肉より筋っぽく硬《かた》いけれど、包丁を糸で操り難なく一口大に切っていく。その肉に塩を振《ふ》り、ボアの脂を入れ火にかけていた大鍋《おおなべ》に入れると、脂の跳《は》ねる音と共に肉の良い匂《にお》いが立ちのぼった。

そこにエステルさんが筋を取ってくれたセロリを細かく刻み、一緒に炒《いた》める。程《ほど》よく火が通ってきたら白インゲンを投入し、トマトとニンジンとタマネギを刻んで入れた。香草《こうそう》と一緒に水を入れたら火力を強め、浮《う》かんだ灰汁《あく》を掬《すく》い、赤ワインを入れて塩で味を調《ととの》え、蓋《ふた》をしてさらに煮る。これであとは待つだけだ。

本当は圧力鍋《あつりょくなべ》でもあればすぐできるんだけれど、子供達が起きるのに間にあうかな？

私の隣《となり》では、エステルさんがライ麦粉を練ってパン生地《きじ》を作っていた。体重をかけて力強く捏《こ》ねているのを見ると、うん、私には無理な作業だね。

手持《ても》ち無沙汰《ぶさた》になった私は、ルレットさんに貰《もら》ったぬいぐるみを取り出した。

「可愛《かわい》い猫《ねこ》ですね……えっ、ぬいぐるみですか？」

「この前来てくれたルレットさんに貰ったんです。凄いですよね。作り物とは思えないくらい」

形だけでなく、黄色い目は縦長の瞳孔《どうこう》まで再現されていて、知らずに見せられたらエステルさんのように本物と見間違《みまちが》えると思う。

この子に向け糸を伸《の》ばし、私は【傀儡《くぐつ》】を発動してみた。

どうなるのか見守っていると、変化は劇的だった。

なんと猫のぬいぐるみが動き出し、私の掌《てのひら》の匂いをくんくん嗅《か》いで、頭をこつんと擦《こす》りつけてきたよ！

「「か、可愛い」」

声が重なったと思ったら、エステルさんが前のめりになっていた。

エステルさんも猫好きなのかな？　ならこの感動を分かち合いたいと思っていると、まるで私の意を汲《く》んだかのように、ぬいぐるみは自分からエステルさんへ擦《す》り寄った。

おお、賢《かしこ》い。ひょっとして私の意思が通じるのかな？

ぬいぐるみの可愛さに蕩《とろ》けているエステルさんの表情は、いつもより幼く見える。

その様子になんだかほっこりしていると、子供達が起き始めてきた。そしてぬいぐるみを見つけるや、もみくちゃにするように可愛がり始める。これ、本物だったら嫌《いや》がって引っ掻《か》いたりしていると思うんだけれど、なんて健気《けなげ》な子。

「マリアさん、この子に名前を付けたりはしないんですか？」

「名前ですか。ぬいぐるみだから気にしていませんでしたけれど、こうなると逆にない方が不自然ですよね」

目を向けると、どこか期待するように私を見ている気がした。

「猫で、白くて、目が黄色……ニャン吉《きち》」

「そ、そうですね……さあ、皆はどんな名前が良いと思いますか？」

今、無視しましたね？

何かを諦めた目をしましたよねエステルさん！

「シロ！」

「タマ！」

「ネコ！」

「皆良い名前ですね。でもそれだとマリアさんと同じですから、もう少し考えてみましょう」

さりげなく貶《けな》された⁉

もういいよ、私のネーミングセンスなんて今更だし……。

朝からそれなりの時間を使って行われた名付《なづ》け大会は、ブラックウルフの煮込みが完成するまで続き、最終的に『ネロ』となった。

私の意思？

介在《かいざい》する余地なんて欠片《かけら》もありませんでしたが何か？


煮込みはバイトの時に賄《まかな》いで食べたビーフシチューに似た美味《おい》しさがあり、皆に大好評だった。うん、私は料理を頑張るよ。おかげでスキルレベルも上がったしね。

この時はまだ、私にとって【傀儡《くぐつ》】は物に本物のような動きをさせ、操者《そうしゃ》の意思で動かすこともできる和《なご》みスキルという認識で、動物を飼ってみたいという夢が思わぬ形で実現したと無邪気《むじゃき》に喜んでいたのだった。


食後の片付けをしていると、エステルさんが何かを思い出したように声をかけてきた。

「そういえば、マリアさんは道化師なのですよね？」

「一応そうですね。ただ、普通の道化師なのかは自分でも良く分かりません」

【傀儡】を覚えたから少しはそれらしくなったかもしれないけれど、罠《わな》を張って戦ったりしているし、どちらかというと狩人《かりゅうど》に近いような？

【捕縛】なんてスキルも覚えているしね。まあ、私は私ということで。

「マリアさん程糸を上手に扱《あつか》える方なら、他の道化師の方を訪ねてみてはいかがでしょう？　新しい気付きがあるかもしれませんよ」

そういえば、他に道化師をやっている人って見たことがないかも。明らかに戦士とか、魔道士《まどうし》って人は何人もいたけれど、人気ないのかな？　私のように初期の服から変わっていなくて、見た目で判断できていないだけかもしれないけれど。

「エステルさんは、他の道化師の方に心当たりがあるんですか？」

「はい。ゼーラさんという方で、沢山のお弟子《でし》さんがいる、この街ではちょっとした有名人なんですよ」

有名人か……そこだけ聞くと気後《きおく》れしそうだけれど、エステルさんが勧《すす》めてくれる人だから、悪い人ではないよね。

「分かりました、会いに行ってみます」

「この時間なら、街の南にある広場にいらっしゃると思います」

エステルさんにお礼を言い、出発前に幾《いく》つか煮込みとパンを用意してもらってから、私は教えてもらった広場へと向かった。

エデンの街は、東西南北で大雑把《おおざっぱ》に棲《す》み分けがされている。

商店や露店《ろてん》が並ぶ東区と、食事処や宿屋がある北区、比較的《ひかくてき》生活にゆとりのない人が多く住む西区。そして、生活にゆとりのある人が多く住むのが南区。

エステルさんに教えてもらった場所は、広場というより公園に近かった。植えられた草木は手入れが行き届き、地面は石材で舗装《ほそう》され、行き交《か》う人々の身形《みなり》も整っている。

同じ街でも結構違《ちが》うものなんだね。けれど他の区の人を差別したり拒絶《きょぜつ》するような感じはなく、私がいても奇異《きい》の目を向けられることはなかった。

「ゼーラさん、ゼーラさんっと……誰《だれ》がそうなんだろう？」

この広場には、所謂《いわゆる》ピエロの格好をした人が四人いた。四人共白塗《しろぬ》りのメイクで素顔《すがお》は良く分からないし、本来の体型は襞《ひだ》をふんだんに盛り込んだ衣装《いしょう》で隠《かく》されている。

おおう、これは予想外。

四人の特徴《とくちょう》はこんな感じ。ボウリングのピンのようなクラブを持ってお手玉のようにジャグリングする人。手のひらサイズのカードを手品のように指先で入れ替えたり飛ばしたりする人。大玉の上に乗ってバランスを取りながら曲芸する人。自分を人形に見立てパントマイムを披露《ひろう》する人。

それぞれが披露する芸を、子供を連れた母親や若い夫婦《ふうふ》、お年寄りが楽しそうに眺《なが》めていた。中には飼い犬の散歩の途中で立ち寄った人もいて、犬同士が匂《にお》いを嗅ぎあったり、戯《じゃ》れあったりしている。なんとも穏《おだ》やかな光景にほっこり……している場合じゃなかった。

「そういえばゼーラさんがどんな人か、特徴を聞いていなかった……まあ、尋《たず》ねれば分かるかな」

芸を見ていた人にゼーラさんが誰か尋ねてみると。

「ゼーラさん？　今日はいないんじゃないかな。特徴？　感じの良いお爺《じい》さんだったよ」

ふむ。

「ゼーラさんなら若くて格好の良い青年ですよ」

ふむむ？

「ゼーラさんといったら、筋骨隆々《きんこつりゅうりゅう》の冒険者みてえなおっさんじゃねえか」

ふむむむ⁇

何で皆の言う特徴が違っているのかな⁇?

えっ、ゼーラさんって実は総称《そうしょう》とか、何人もいるとか、そういうオチじゃないよね？

「どうしよう……」

途方《とほう》に暮《く》れてベンチに座《すわ》り込んでしまった私に、犬を連れたお爺さんが声をかけてきた。

「お嬢さん、何かお困りかね？」

眼鏡の奥から、優《やさ》しそうな目が覗《のぞ》いている。年齢《ねんれい》は六十代くらいかな。白髪《はくはつ》を丁寧《ていねい》に後ろに流し、白いシャツをきっちりと着ている姿は老紳士《ろうしんし》といった風情《ふぜい》だ。

「ゼーラさんという人を捜《さが》しているんですが、皆が言うゼーラさんの特徴がバラバラで、これからどうしようかと悩《なや》んでいたんです」

「なるほど、ゼーラさんか。儂《わし》が知っているのは、妙齢《みょうれい》の女性だったように思うが」

ここにきて性別まで違うの⁉　これ、本当にどうしたらいいんだろう……。

「少なくとも、儂は今くらいの時間に良く見かけておるよ。お嬢さんも焦らず待ってみてはどうじゃ？」

「……そうですね。話を聞いてくれて、ありがとうございました」

「なに、礼には及《およ》ばんよ」

歩き去っていくお爺さんの後ろ姿を見ていると、その前から複数の犬を連れた家族連れがやってきて、挨拶《あいさつ》をしてすれ違った。

「私も一度教会に戻《もど》って、エステルさんにゼーラさんの特徴を……」

あれ、何か違和感《いわかん》が……なんだろう、何かを見落としている気がする。

答えが喉《のど》まで出かかっているのに出てこない、そんなもどかしさに顔を顰《しか》めていると、お爺さんとすれ違った家族連れが私にも挨拶してくれた。それが答えに繋《つな》がった。

私は急いでお爺さんを追いかけ、追い抜《ぬ》き、お爺さんの歩みを止めるように立ち塞《ふさ》がった。

「まだ儂に何か用があるのかね、お嬢さん」

驚《おどろ》いた表情を少しだけ浮かべているけれど、それは知り合ったばかりの人が再び訪《おとず》れたから、という範囲《はんい》を超《こ》えない自然な感じだった。

「確かに良く見かけているはずですよね、ご自分のことなら。そうでしょう？　ゼーラさん」

私がそう言うと、ゼーラさんはさっきまでの優しげな目を一変させ、鋭《するど》い視線で私を見つめてきた。

「なぜ、儂がゼーラだと？」

その言葉自体が、私の推測が正解だといっているようなものだね。

私が指差したのはゼーラさんではなく、ゼーラさんが連れている犬の方。

「挨拶です。あの家族連れが連れていた犬達は、ゼーラさんの犬に無反応でした。普通《ふつう》なら犬同士匂いを嗅ぎあったり、吠《ほ》えたりしますよね。それで思ったんです、犬が偽物《にせもの》だったらって」

ゼーラさんが無言で続きを促《うなが》してくる。

「犬が偽物だとすると、首輪に繋がっている紐《ひも》は糸の代わりになるかもしれない。紐が糸の代わりになるのなら、道化師であれば本物のように動かすことができるかもしれない。

そう考えたら、この人がゼーラさんなんじゃないかなって
「……お嬢さん、名前は？」

「マリアです」

「まさか技量《ぎりよう》ではなく、犬の特性から見破られるとは……儂もまだまだじゃな」

「それじゃあ？」

「正解じゃ、マリア。儂がゼーラ。この街で道化師の先達《せんだつ》と見做《みな》されている者じゃよ」

そう言って一礼する所作《しよさ》は優雅《ゆうが》で、六十代のお爺さんがするものとは思えない。

皆はきっと、本当のことを言ってくれていたんだね。自分が見たゼーラさんの特徴を、そのまま教えてくれたんだと思う。ただそれが、特徴の全てとは限らなかったというだけで。とにかく、私はその道の先達にようやく会うことができたのだった。

ゼーラさんに誘《さそ》われ、広場でも人気《ひとけ》の少ないベンチに移動した。

「ここなら誰かれに聞かれる心配もあるまい。さて、マリア。儂が見立《みた》てるにお主は道化師、そして糸を武器としておるな？」

「はい」

私はぬいぐるみのネロを取り出し、【傀儡《くぐつ》】を使って動かした。私の意思を汲み取り、ネロがゼーラさんの犬へ近寄り挨拶代わりに頭をこつんと当てる。

「ほう、これは見事な依代《よりしろ》じゃ」

「依代？」

「依代とは傀儡によって操る物のことじゃ。作り手の技量とそれを形作る素材、その二つが揃《そろ》うことで依代の質は上がる。儂《わし》の依代は質でいえば中級程度じゃが、お主のは上級に届いておる。この辺では、そんじょそこらでお目にかかれる物ではないぞ」

ネロがそんなに凄《すご》い子だったとは、さすがルレットさん。その道のプロにも認められましたよって言ったら、喜んでくれるかな？

「して依代を動かすお主の技についてじゃが、それについて話す前に、覚えているスキルを教えてもらえんか。他言《たごん》はせぬと誓《ちか》う」

「別に構いませんよ」

秘密にするようなものはないと思ったけれど、【捕縛】は黙《だま》っておいた方がいいか。ルレットさんとの約束もあるしね。ジョブスキルだけ教えるとそれで満足したらしく、そしてどこか納得するような表情をしていた。

「なるほど……【操術《そうじゅつ》】が無く、【操糸《そうし》】から【傀儡《くぐつ》】へと派生したか」

「何か変なんですか？」

「変ではないがの。ちと遠回しになるが、ジョブスキルの説明からするとしよう」

言葉を区切ると、ゼーラさんが体ごと私の方を向いた。真剣《しんけん》な様子に、私は思わず座ったまま背筋を伸ばした。

「どのジョブでも、最初に覚えるジョブスキルは基本的に皆同じなんじゃ。それが【操術】じゃ。武器を扱い【操術】のレベルを高めてから、要は武器に慣れてから、初めてその武器に特化したジョブスキルを覚える。戦士ならば【剣術《けんじゅつ》】【槍術《そうじゅつ》】【斧術《ふじゅつ》】、聖職者や魔道士では【杖術《じょうじゅつ》】といった具合にの」

「えっ、私【操術】なんて覚えた記憶《きおく》ないですよ？」

ニナのお爺さんから、【操術】という言葉自体は聞いたような気はするけれど。

「そこが基本的にといった理由じゃ。ジョブスキルの取得時、それまでの経験が考慮《こうりょ》され個人差が出る。【操術】の初期レベルが異なるといった具合にの。その際、初期の段階に留《とど》まる者ではないと儂等に認められた場合は、特化したジョブスキルから始まるのじゃ」

それまでの経験って、子供の頃《ころ》に弟妹《ていまい》に見せていたあやとりや、自作した糸繰《いとく》り人形《にんぎょう》を使って劇をしていたことかな？

お金に余裕《よゆう》がなかった頃、愚図《ぐず》る弟妹の機嫌《きげん》を直すために覚えたのだけれど、そのおかげでニナのお爺さんに認められたのだから、何がいつ活《い》きるか分からないものだね。

「全く知りませんでした……あれ、さっき【傀儡】が【操糸】からの派生と言っていましたけれど、ひょっとして初期レベルが人によって違うように、派生するジョブスキルも違うんですか？」

「お主の予想通りじゃ。そして【傀儡】を取得する者は珍《めずら》しく、儂が知る限り冒険者《ぼうけんしゃ》で覚えた者はまだおらんはずじゃ」

まさかそんな希少なスキルだったとは。ペットを飼うという夢を実現できるスキルくらいにしか思っていなかったよ。あ、でも希少なスキルが必ずしも有用とは限らないか。

「ちなみに、お主自身のレベルはいくつじゃ？」

「ちょうど十ですね」

「十⁉」

目を見開いてゼーラさんが驚愕《きょうがく》している。えっ、なんでそんなに驚くんですか？

「特化したジョブスキルは総じて上がりにくく、工夫《くふう》がいる。戦闘《せんとう》で上げた場合、レベルはおよそジョブスキルの二〜三倍になっておるのが普通じゃ。お主の【操糸】のスキルレベルをお主自身のレベルに換算《かんさん》すると、レベル二十〜三十相当になる訳じゃが、よほど【操糸】を使いこなし戦ったとみえる。お主自身のレベルが十だと、儂は未《いま》だに信じられん思いじゃよ」

ああ、それで最初から〝試しの森〟で戦うことができたんだ。

〝試しの森〟の適正レベルは十くらいだって、後でエステルさんから聞かされた時は驚いた。だってあの時【操糸】のスキルレベルは四だったけれど、私自身のレベルは一だったからね。でもゼーラさんの言った換算方法に当て嵌《は》めてみると、スキルレベルだけ見れば適正範囲に収まっている。

ちなみにステータスも見てもらったけれど、このままＤＥＸを上げることを勧められた。【操糸】とＤＥＸ特化は相性《あいしょう》が良く、ＤＥＸ以外であればＭＰの上がり幅が大きくなるＭＩＤを上げるのが良いらしい。同時に他のステータスは上げるなと、特にＳＴＲについては絶対に上げるなと念押《ねんお》しされた。まあ、今更《いまさら》上げないけれど……さよなら自力で重たい物を持てる私。

「ちなみに選んだ武器によって、レベルが上がる際のステータスの伸びが異なる。ＤＥＸが良く伸びておるのは、糸という武器の特性によるものじゃな。そして武器といえば、扱う糸によって威力《いりょく》や耐久度《たいきゅうど》、操れる距離《きょり》等《など》に違いがでる。お主ならそろそろ、ちゃんとした糸を持つといいじゃろう」

「分かりました」

これは裁縫《さいほう》を得意としているルレットさんに相談してみよう。

「あと二つ程助言がある。一つ目は、道化師の役割じゃ」

「役割？」

「特に他者と一緒《いっしょ》に戦う場合の、じゃな。たとえば戦士は敵を倒すことが、騎士《きし》は敵の攻《こう》撃《げき》を防ぐことが、聖職者は傷を癒《いや》すことが主な役割じゃ。では道化師の役割とはなんじゃ？」

「道化師って、本来は人を笑わせたりする人達《たち》ですよね。戦いで味方を笑わせても仕方ないし……役割なんて、無いのでは？」

「本当の意味で理解はしておらんじゃろうが、まあ正解じゃ。お主の言う通り、道化師に明確な役割は無い。じゃが臨機《りんき》応変《おうへん》に他の役割を演じることが道化師の真骨頂《しんこっちょう》であり、役割だと儂は考えておるよ」

「役割を演じるって、どういう意味ですか？」

「道化師で札《ふだ》を武器にして覚えるスキルには、状態異常を引き起こすものや、味方の能力を底上げするものがある。じゃがこれらは呪術師《じゅじゅつし》や楽師《がくし》と役割がかぶっており、しかもスキルだけ見れば威力が劣《おと》るため、器用貧乏《きようびんぼう》に見えるやもしれん」

ゼーラさんの口からそう言われると、なんだか道化師がダメなジョブに思えてしまうね。

「じゃがその両方を扱えるのは道化師だけじゃ。また呪術師や楽師と違い、詠唱《えいしょう》や演奏を必要とせず、札を投げるだけで発動できるのも利点じゃな。速さが求められる場合にはむしろ適役じゃ。加えて札を武器にするとＡＧＩが伸びやすい。後方支援《しえん》のジョブが苦手とする敵の攻撃から身を守る術《すべ》を、ある程度持っていることは意外と重要なことじゃ」

「糸を武器にした場合はどうなんですか」

「糸の場合は演じる役割がさらに増える。近しいものから挙げるならば盗賊《とうぞく》、騎士、戦士といったところかの。盗賊のように罠を仕《し》掛《か》けて敵を足止めしたり、騎士のように敵の注意を引き糸で守り、戦士のように敵を倒す。それをどう実現するかは道化師の中でも派生スキルによって大きく左右されるため、自分で試行錯誤《しこうさくご》するしかないの」

結局何でも屋ってことなのかな？

あるいはゼーラさんが言うように、器用貧乏《きようびんぼう》というか。

「道化師に明確な役割は無いが、役割はある。もしこれを理解する者がおったなら、其奴《そやつ》はなかなか優秀《ゆうしゅう》と思っていいじゃろう」

自分のバイト経験に置き換《か》えてみると、優秀な人が社員さん、道化師がベテランのバイトさんって感じかな。社員さんの命令の下《もと》で実際に手を動かすバイトさんを指導して、店を上手《うま》く回すために尽力《じんりょく》していたのがベテランのバイトさんだった。裏方ともいえるけれど、それを分かってくれる社員さんは確かに優秀で、その後本社に異動して偉《えら》い人になったとか。

ちなみにベテランのバイトさんは、その後社員さんの推薦《すいせん》で正社員として登用された。

そして一緒に働いていた私達は、社員さんとベテランのバイトさんのおかげで楽しく働くことができ、売り上げも伸びて本社から表彰《ひょうしょう》され、全員に金一封《きんいっぷう》が出た。

そのお金でいつもより大きいハンバーグを作ったら、真人も真希も喜んでくれたっけ。

真人は表情と言葉で、真希は空になったお皿と手紙で私にそれを伝えてくれて、あれは本当に嬉《うれ》しかったなあ。

「最後の助言、というより助力かもしれんが、お主に新しいジョブスキルを伝授《でんじゅ》しよう。敵を引き付ける【クラウン】というジョブスキルじゃ。騎士の【挑発《ちょうはつ》】程敵意を集める力は無く効果範囲も狭《せま》いが、道化師ならば覚えて損はないはずじゃよ」

『【クラウン】のジョブスキルが取得可能となりました』

【クラウン】
敵意を集める。効果範囲はスキルレベルに、発動対象は武器に依存する。

発動対象の造形によって敵意を集める強さは変化する。


「いいんですか?」

「構わんよ。もっと高度なジョブスキルを既に取得しているお前さんならな」

「そういうことなら、ありがたく」


『【クラウン】を取得しました』


気付きを得るどころか懇切丁寧《こんせつていねい》に教えてもらい、新しいスキルまでもらってしまった。

これはもらい過ぎな気がする。

「なんだかすいません。沢山教えてもらって、おまけにジョブスキルまで」

「なに、儂を見破った褒美《ほうび》だとでも思えばよい」

「それでも、何かお返しができれば……あっ! よければこれを」

私はエステルさんに用意してもらったブラックウルフの煮込みと黒パンを取り出した。

アイテムボックスの特性なのか、出来立てのまま保存されていたらしく、煮込みからは湯気が立ちのぼっていた。

「ほう、これは美味《うま》そうじゃな。お主が作ったのか？」

「煮込みの殆どはそうですね。けれど野菜の下処理やパンを作ってくれたのはエステルさんですよ」

「エステル嬢《じょう》ちゃんの知り合いだったか……ありがたく頂こう」

そう言うと、ゼーラさんは料理を受け取ってベンチから立ち上がった。

「食事の礼におまけの助言じゃ。その依代、一度戦わせてみるといい。きっとお主の役に立つじゃろう」

「えっ？」

驚く私を置いて、片手をひらひらと振りゼーラさんが去っていく。

こんなに可愛いネロを戦わせる？　そもそもどうやって戦うんだろう⁇

頭の中は疑問符でいっぱいだったけれど、ゼーラさんの教えてくれたことだし……。

ネロの頭を撫《な》でると、私の足をぺしぺし叩《たた》いてきた。その仕草が『戦えます！』と訴《うった》えているような気がして、私はネロと一緒に広場を後にし、戦える場所へ向かうことにした。

エデンの街を西に進むとすぐ、〝始まりの平原〟が広がっている。推奨《すいしょう》レベルは十未満。つまり、ＭＷＯを始めた冒険者が普通なら最初に挑《いど》む戦いの場だ。まあ私はそんな場所があることを、〝試しの森〟に行った後に、エステルさんから教えてもらったんだけれどね。

自分の無知も悪かったけれど、それより上位の場所をレベル一の私に依頼してきたアレンさんは、冒険者ギルドの職員としてどうなんだろう。

この件については、後日エステルさんがアレンさんにきっちり話をしたから大丈夫《だいじょうぶ》と、満面《まんめん》の笑《え》みを浮かべ言ってくれている。どうきっちり話したのかは気になったけれど、完全無欠の笑みに察してはいけない何かを感じ、触《ふ》れないようにしている。

とにかくその〝始まりの平原〟には、向こうからは仕掛けてこないノンアクティブモンスターしかいないらしい。一方、何もしなくても襲《おそ》ってくるボアのようなモンスターはアクティブモンスターというようだ。向こうから仕掛けてこないなら、こちらの自由なタイミングで攻撃ができるし、突然《とつぜん》複数から襲われたりしないから安全だね。初めてネロの攻撃を試《ため》すには打って付けの相手だと思う。

「それじゃあネロ、攻撃！」

目の前にいるのはグレーラット、レベル一。

「！」

声は出せないようだけれど、小さく鳴く仕草に了解《りょうかい》の意思を見せて、ネロがラットに近付く。とてとてと歩いていく姿は贔屓《ひいき》目《め》に見ても可愛い。

そして十分近付くと、持ち上げられたネロの右手が一瞬《いっしゅん》だけ光り、目にも留まらぬ速さで振り下ろされていた。

ネロの右手で叩かれ、砕《くだ》け散るグレーラット。

「……は？」

えっ、一撃《いちげき》？　というか今のって猫動画とかで見る猫パンチだよね⁇

猫パンチといったら攻撃というより、私にとっては癒し的な仕草なんだけれど、夢でも見ているのかな。

頬《ほお》を抓《つね》っても痛いだけだったので、私はネロにもう一匹《ぴき》相手をさせてみたけれど、また も一撃で倒《たお》してしまった。

「とっ、とりあえずもっと強い相手で試してみよう！」

私だってレベル十。ステータスだってＤＥＸ特化だ。それにラットが予想以上に弱い可能性だってある。

次に狙《ねら》ったのはレベル五のホーンラビット。戦いになると距離を取って後ろ足で地面を蹴《け》り、額に生えた角《つの》で突《つ》き刺《さ》しにくる意外とおっかない兎《うさぎ》だ。けれどノンアクティブには変わらないので、先程《さきほど》と同じくネロを近付かせ……一撃。また一撃で終わってしまった。

どうやら本格的に認識《にんしき》を改めないといけないらしい。

「うちのネロは、強い子みたいだね……」

結局〝始まりの平原〟に出てくるモンスターではネロの相手にならず、ネロがどこまで強いのか詳《くわ》しく知ることはできなかった。


次に訪れたのはお馴染《なじ》みの〝試しの森〟。

夜じゃないから相手はボア。ボアは自ら襲ってくるため、私が糸で足止めしている間にネロに攻撃させる。ここで初めてネロの一撃にボアが耐《た》えた。

「おお！」

思わずボアを称賛《しょうさん》してしまった私の前で、高速で繰《く》り出された猫パンチの二撃目を受け、ボアが倒される。

「そういえば猫パンチって連続でも出せるんだっけ。犬が何度も猫に頭を叩かれている動画、見たことあるし」

ボアを倒す時間を比較《ひかく》すると、あれ？　私ネロに負けてない⁇

得意げな表情のネロに苦笑《くしょう》しながら、私は喉のあたりを撫でてあげた。

「二人なら、もっと奥《おく》までいけそうだね？」

問いかけると、返事をする代わりにネロが肩《かた》に飛び乗ってきた。まだまだやる気らしい。

ボアを倒しながら森の奥へ進むと、新たに現れたのがフォレストディア。立派な角を持った鹿《しか》で、体の大きさはボアと同じくらい。その角で突進《とっしん》してくるのかと思ったら、角の間に風が集まり、塊《かたまり》となったそれがこちらに向け発射された。

「っ！」

なんとか回避《かいひ》できたのは、発射される直前にネロが一撃入れて軌道《きどう》を逸《そ》らせてくれたおかげだ。

「ありがとうネロ！」

「！」

頼《たの》もしい相棒が注意を引いてくれている間に、念のため新たに二本の糸を操《あやつ》り動きを封《ふう》じる。【操糸】のスキルレベルが上がり、私が操れる糸は三本になっていた。あとはネロに仕留めてもらえばと思っていると、二匹目のフォレストディアが現れた。

まずい、ネロは一匹目の相手をしているし、敵の注意は私に向いている。

どうしようどうしよう……あっ、あれがある！

私は一匹目のフォレストディアから糸を一本外すと、自由になった一本を私の側《そば》でラットの形にし、スキルを発動した。

「【クラウン】」

すると二匹目の攻撃は私の期待通り、糸で描いたラットに向かってくれた。〝発動対象の造形によって敵意を集める強さは変化する〟とあったから、ラットを描《えが》いたのは正解だったかな？　糸を伸ばしただけでは、相手の注意なんて引けなかっただろうしね。

その後は一匹目をネロが倒し、二匹目も無事に倒すことができた。ドロップしたのは鹿の肉、ではなく【ディアの腱《けん》】。

「【ディアの腱】……何に使えるんだろう」

ひとまず拾ってから、ネロを褒《ほ》めてさらに先へと進む。

途中《とちゅう》何度かフォレストディアに遭遇《そうぐう》したけれど、【クラウン】で遠距離《えんきょり》攻撃《こうげき》を誘導《ゆうどう》し淡々《たんたん》と倒すことができた。結構【捕縛《ほばく》】も成功したし、良い成果なんじゃないかな。おかげでレベルもスキルレベルも上がったしね。

（マリア：道化師《どうけし》　Lv10↓12）
STR 1　　VIT 3　　AGI 4↓5
DEX 44↓47　INT 4　MID 8↓10

（スキル：スキルポイント+28↓+32）

【操糸】Lv10↓Lv11　【捕縛】Lv3↓Lv4　【料理】Lv4
【傀儡】Lv1↓Lv3　【クラウン】Lv1↓Lv3

それにしても、ネロが猫《ねこ》パンチをする度に光るのは何故《なぜ》なんだろう。猫パンチ自体がスキルで、その発動を表しているのかな？

そんなことを考えながら歩いていると、周囲への警戒《けいかい》が緩《ゆる》み私はやけに静かで開けた場所に出ていることに気付かなかった。

「！」

足元でネロが警戒するように毛を逆立てている。

「まずっ」

と思った時にはもう戦闘状態に突入《とつにゅう》していた。

ひとまず距離を取りたくても、モンスターがどこにいるか分からない。そう思っていたら、空中から巨大《きょだい》な蜘蛛《くも》がゆっくりと降りてきた。視認《しにん》した途端《とたん》、その名前が明らかになる。

「アラグネア……」

その独特の威圧感《いあつかん》は以前にも覚えがあって。私は再び、ネームドモンスターに遭遇したのだった。
アラグネア。レベルは二十。レベル的には格上で、しかも通常より強いネームドという
おまけ付き。大きさは四メートルくらい。脚《あし》が山なりに曲がっている状態だから、全部伸《の》
ばしたら倍くらいになりそう。その脚は細かな毛でびっしりと覆《おお》われており、図鑑《ずかん》で見た
タランチュラに似た姿をしている。
けれどタランチュラとは違い、糸を使わず襲いかかってくるタイプではないみたい。空
中から降りてきたところを良く見れば、細い糸が真《ま》っ直《す》ぐ上へと伸びている。その糸は
樹々《きぎ》の間に張り巡《めぐ》らされた糸へと繋げられていた。
「これじゃ普段《ふだん》と立場が逆だよ……」
糸を使った結界は私の常套手段《じょうとうしゅだん》なのに、今は私の方が糸の結界に閉じ込められている形
だ。これだと逃《に》げることもままならない。諦《あきら》めて戦うとして、でもどうしたらいいのかな。
「まずは……」
守りを固めるため一本の糸を樹々の間に張っておき、その後ろに回る。そしてネロはア
ラグネアの背後に向かわせつつ、私はもう一本の糸でその脚を狙った。避《よ》けられるかと思
ったけれど、意外にもあっさり巻き付き……外れた!?

一瞬呆《ほう》けてしまった隙《すき》に、アラグネアが糸を噴射《ふんしゃ》してきた!!

しかも私では避けられないくらい速い!!!

予《あらかじ》め張っておいた糸が思惑《おもわく》通り盾《たて》になってくれたけれど、危ない危ない。

私の目の前で糸にぶら下がっているのは、中途半端《ちゅうとはんぱ》に膨《ふく》らみかけた糸の塊。

「拘束《こうそく》するような攻撃かな？」

ぶつかる直前でネット状に広がり、相手の動きを封じる感じで。ただ守りに使った糸はアラグネアの糸が絡《から》みつき、操ることができなくなってしまった。そちらは諦め樹を盾にしながら細かく動き、時折反対方向に残った糸を伸ばし【クラウン】を発動して注意を引きつける。

そうして時間を稼《かせ》いでいると、背後に回ったネロが樹を駆《か》け登りアラグネアに飛びかかった。

連打される、光る猫パンチ。

「巨大な蜘蛛に小さな猫が肉球を高速で叩きつける様子って、なんか戯《じゃ》れてるようにしか見えないな……」

けれどこの攻撃でフォレストディアも瞬殺《しゅんさつ》しているからね。

ネロに注意が向く前に距離を取らせ、私はアラグネアのＨＰを確認《かくにん》してみた。

微々《びび》たる量しか減っていなかった。

「嘘《うそ》っ⁉」

毛で覆われた脚元から煙《けむり》を生じさせ、アラグネアが再びネロに向き直る。私よりネロの方が脅威《きょうい》だと判断したようだけれど、ネロは私に似ず素早《すばや》い。樹々もあるから避けるのに専念させれば、しばらくは持ち堪《こた》えてくれると思う。

「その間になんとか対策を考えないと……」

ネロがフォレストディアに与《あた》えたダメージと比較すると、いくらネームドモンスターとはいえ、ＨＰの減りが少な過ぎる。

ネロの攻撃はアラグネアに対し相性が悪いのかな？　でもネロの攻撃って、そもそも何なのだろう。猫パンチの時に光るのもよく分かっていないし……いや、ここはネロを信じよう。

私はＭＰの消費を気にしながら【クラウン】を連発し、アラグネアの注意を引きつけ、その隙にさっきとは異なる箇所《かしょ》へネロに攻撃させてみた。

一撃目は腹部、変化なし。

二撃目は胸部、変化なし。

三撃目は頭部、変化あり！

ＨＰがぐっと減り、よく見れば八つある目のうち、一つが閉じている。弱点は目か！

「ネロ！」

「！」

私の声に反応し、ネロがアラグネアの目に攻撃を集中させる。

アラグネアは必死にネロを引き剥《は》がそうとしているけれど、小さな体のネロを捕《と》らえるのにアラグネアの巨体《きょたい》は適していない。加えて自分の頭部に向けて糸を噴射することもできないみたいだ。まあ、それをやったら自爆《じばく》になるだろうしね。

四つ、五つと順調に目を潰《つぶ》し、開いている目が残り一つになったその時。

私はもう倒せる気になっていたところで、変化が起きた。アラグネアが大きく身震《みぶる》いし、腹部から小さな蜘蛛を大量に生み出してきた⁉

「ネロ！」

アラグネアの体の上を這《は》い、小さな蜘蛛がネロに迫《せま》るのを見て慌《あわ》てて離《はな》れさせると、今度は私の方に向かってきた。【クラウン】を発動し注意を引こうとしたけれど、数が多く誘導しきれない。

幸い糸を吐《は》いたりはしないようだけれど、この小さい蜘蛛地味に速い！

逃げる私はあっという間に追いつかれ、あちこち齧《かじ》られ始めた。防御力《ぼうぎょりょく》が低い私では、その一撃《いちげき》一撃にＨＰをみるみる減らされていく。慌ててＨＰポーションを飲むけれど、回復が全く追いつかない。このままだとＨＰポーションの再使用時間までＨＰが残っている可能性はゼロだ。

これはもう無理かな……と諦めかけたその時、ネロの猫パンチが私に向けて振《ふ》り下ろされた。

〝ぽふん〟という気が抜けるような肉球の感触《かんしょく》とは裏腹に、光と共に〝バリバリッ〟という激しい音が鳴り響《ひび》く。光によって一瞬白くなった視界が元に戻ると、纏《まと》わり付いていた小さな蜘蛛達が地面の上でのたうちまわり、消えていくところだった。あの光と音に、まとめて倒された小さな蜘蛛達。ひょっとしてネロの攻撃って……。

「雷《かみなり》？」

「！」

尻尾《しっぽ》をぶんぶん振っているから正解ってことかな？　もう少し早く気付けよ私、と思いもしたけれど、おかげで小さい蜘蛛を倒す算段がついた。それは難しいことではなく、逃げながら小さい蜘蛛を集めネロにまとめて倒してもらう、これを繰り返すだけ。幸いＨＰポーションは十分あり、【クラウン】を併用《へいよう》することでＨＰポーションの再使用時間を稼ぐことができた。

そうやってあらかた小さい蜘蛛を倒し終わった後、私とネロは再びアラグネアに向き合った。狙うのは最後に残った目だけれど、戦い方は変わらない。私が注意を引き付け、ネロが攻撃。目の殆《ほとん》どが潰れたおかげで、ネロは楽々とアラグネアの頭部に飛び移り、残された目に向かって猫パンチを繰り出した。

「ギシャアアァァッ!!!」

断末魔《だんまつま》の叫《さけ》び声を上げ、そのＨＰがぐんと減る。

このままＨＰがなくなる……と思いきや、直前で止まりなんと胸頭部《きょうとうぶ》を切り離してこっちに飛んできた！

そんなロケットみたいなのあり!?

油断していた私は避ける間も無くアラグネアに伸《の》し掛《か》かられた。その衝撃《しょうげき》で私のＨＰは一気に二割まで激減。牙《きば》が覗《のぞ》く大きな口はもう目と鼻の先。ネロはアラグネアが飛んできた際に振り落とされ、間に合いそうにない。

美味《おい》しくなく頂かれそうになった私は諦め……られるかっ!!

残された糸をアラグネアの口に叩き込み、我武者羅《がむしゃら》に動かした。

……我に返ったのは、それからどのくらい経《た》った後だったのか。目の前に画面が起動さ

れていた。

『アラグネアを倒しました。レベルが14になりました。【操糸】スキルのレベルが12になりました。【傀儡】スキルのレベルが5になりました。【クラウン】スキルのレベルが7になりました。【アラグネアの糸】を手に入れました』

「な、なんとか倒せた……」

嬉しさよりもまず思ったのは、すーーっごく疲《つか》れたってこと!!

「もうネームドの相手は沢山《たくさん》だよ……」

そのまま倒れ込んだ私は、近付いてきたネロを胸に抱《だ》き、しばらく起き上がることもできなかった。

その後なんとか起き上がった私は、ネロに先行してもらいのそのそと歩き出した。ネロはモンスターが近付くと事前に知らせてくれたので、私は戦いを避《さ》け無事に森を抜《ぬ》けることができた。本当、ネロを生んでくれたルレットさんには感謝しかないよ。

意識が朦朧《もうろう》としながら大通りを進み、教会へと向かった。エステルさんから休む時は教会を使うよう提案されたというか、お願いされてしまったので、教会以外に泊《と》まるという選択肢《せんたくし》が取りづらいんだよね。

もし他の場所に泊まったとエステルさんに知られたら、『古くてお世辞にも綺麗《きれい》とは言えない部屋ですから、気にしないでください』と、聖母《せいぼ》のような笑みに一筋《ひとすじ》の涙を零《こぼ》し言ってきそう。そしてエステルさんがそんな風に言う部屋は、実は毎日隅々《すみずみ》まで掃除《そうじ》されていることを、私は子供達から聞いて知っている。これで他所《よそ》に泊まれる程《ほど》私のメンタルは強くない。

なんとか教会に辿《たど》り着いた私は、部屋に入るなりベッドに倒れ込み、ネロを抱き締めながらログアウトしたのだった。

現実世界のベッドに戻《もど》った私は、ブラインドサークレットも外さずに眠《ねむ》ってしまい、気付いたら朝になっていた。よほど疲れていたのか目覚めてもうとうとしていると、真人が私を起こしにやってきた。

「おはよう真里姉、って珍《めずら》しいな朝からそんなに眠たそうにしているの」

「おはよう真人。そうだね、いつもよりちょっと眠りが深かったみたい」

嘘は吐《つ》いていないよ？

どうして眠りが深いようなことになったかを、言っていないだけで。訝《いぶか》しそうに私を見る真人だったけれど、結局それ以上何か言ってくることはなく、いつものように私の膝裏《ひざうら》と肩の下に手を回し、抱き上げてくれた。いわゆるお姫様《ひめさま》抱《だ》っこの状態。最初は弟とはいえ余りに恥《は》ずかしく抵抗《ていこう》したのだけれど、二週間もすると慣れてしまった。

欠片《かけら》程度には憧《あこが》れのあった行為《こうい》なのに、慣れって怖《こわ》いね。

洗面所で顔を洗った後、リビングに移動した私は椅子《いす》に座《すわ》らせてもらい、真人の朝食の準備が終わるのを待っていた。真希の姿は見えないけれど、朝食が並んだら匂《にお》いに釣《つ》られ起きてくるはず。

太陽の光が柔《やわ》らかに差し込む中、ゆったりとした時間が流れていく。穏《おだ》やかな一時に浸《ひた》っていると、真人がテーブルの上に朝食を並べ始めてた。

「ご飯、しじみのお味噌汁《みそしる》、鮭《さけ》の塩焼き、小松菜のお浸し。これぞ日本の朝食って感じだね。あと、これは山形のだし？」

「真里姉好きだろう？　とろみがあるから食べやすいし、色んな野菜を一度に摂《と》れて栄養価も高いからな」

山形のだしは主に夏野菜と昆布《こんぶ》を細かく刻んで、醤油《しょうゆ》やみりんで味を付けたものだ。

少し時間をおくと野菜の水気が昆布に吸われ、とろみが出てより美味しくなる。夏野菜と言ったけれど、殆どの野菜は季節に関係なく手に入るので、いつでも作ることができる。

冷蔵庫に入れておけば多少日持ちするため、私が忙《いそが》しい時は作り置きしただしをご飯にかけて、三人でよく食べたっけ。

「嬉しいな……これでご飯を沢山食べることができたらいいんだけれどね」

筋肉と一緒に内臓も衰《おとろ》えている私は、小学生より食べられる量が少ない。無理をすると消化しきれず、すぐ嘔吐《おうと》してしまう。

「体を鍛《きた》えれば内臓も丈夫《じょうぶ》になるって。リハビリは俺《おれ》がサポートするし、体を動かすために必要な栄養はできるだけ食事から摂れるよう工夫している。今なら料理で真里姉に負けない自信があるぜ！」

「料理でお姉ちゃんに勝とうなんて百年早いよ、真兄は。あっ、お姉ちゃんおはよう！」

「おはよう真希」

「聞き捨てならねえな真希。俺は栄養士も目指して料理の勉強をしているプロ見習いだぞ！」

「プロ見習いがお姉ちゃんの料理に勝てる訳ないじゃん。お姉ちゃんの料理は、お姉ちゃんの料理っていうジャンルなんだよ。それが分からないとは、まだまだ勉強が足りないんじゃない？」

「なんだと真希、喧嘩《けんか》売ってんのかてめえ！」

「喧嘩ならお金で買ってあげるよ！」

テーブルを挟《はさ》んでやり合う二人。

朝から賑《にぎ》やかだなあ……私は苦笑しながら二人を宥《なだ》めた。

「はいはいそこまで。せっかく真人が作ってくれた朝食なんだから、冷めないうちに食べよう。私珍しくお腹《なか》がすいているんだ」

「本当か！　どどっ、どれから食う⁉」

給仕《きゆうじ》しようとしてくれるのは嬉しいけれど、ちょっと落ち着こうね。

「まったく、ゆっくり選ばせてあげなよ真兄」

そんなこと言いながらスプーンにだしを載《の》せて、真希も食べさせる気まんまんだよね？

結局、どっちのお勧《すす》めを先に食べるかでまた喧嘩となり、私が選びたかったしじみのお味噌汁はぬるくなってしまっていた。


朝食の後は食休みを挟んで、真人に手伝ってもらいながらのリハビリ。相変わらず体を動かすのは辛《つら》いのに、筋力が戻る気配はまるでない。まあ今に始まったことじゃないし、やらないよりは良《い》いはずだからね。

約二時間のリハビリが終わり、昼食をとった後は真人が勉強する側《かたわら》、私はベッドの上で電子書籍《しょせき》を読んでいた。それはまだ母さんがいた頃《ころ》に読んでいた小説で、いつの間にか続編が出ていた。

懐《なつ》かしさを覚えながら完読し、読後の余韻《よいん》に浸っていると、検索《けんさく》画面を操作している途中でＭＷＯのポップアップが表示された。

「そういえばＭＷＯのウェブサイトって見たことがないかも」

弟妹《ていまい》からソフトとブラインドサークレット、そしてゲームに関する最低限の情報を教えてもらい始めたＭＷＯ。ちょうど良い機会かと思いポップアップを選択《せんたく》しＭＷＯの公式サイトを開くと、そこには〝第一回公式イベント開催《かいさい》〟というタイトルが大々的に掲載《けいさい》されていた。

第三章 ▼▼ 真里姉と生産職人と不穏なイベントの気配

公式イベントの告知を確認した私は、その後MWOにログインした。現実世界で十数時間ぶりだから、二日くらい過ぎているのかな。

MWOの中で時間を確認すると、午前十時だった。エステルさんと子供達は出かけているのか、教会の中はがらんとしている。

部屋を出て教会の広間に出ると、いつもと少し様子が違《ちが》うように感じた。

何だろう、ぱっと見普通《ふつう》なんだけれど……あっ、普通だからか。

そう見えるくらい、これまであった床《ゆか》の穴や壁《かべ》の罅割《ひびわ》れが綺麗になくなっていた。これなら子供達が足を踏《ふ》み外《はず》して怪我《けが》をしたり、隙間風《すきまかぜ》で寒い思いをすることはなさそう。

ボアの丸焼きに参加したバネッサさんのお客さん達が、約束通り修繕《しゅうぜん》してくれたみたいだね。こうして助けてくれる人が増えれば、エステルさんも少しは楽になるかな。そのためには私も頑張《がんば》らないといけないね、お姉さんとして。

「まずは何から片付けよう……」

昨日は街に戻ってからすぐ教会でログアウトしたため、捕獲《ほかく》状態のフォレストディアがアイテムボックスを埋《う》め尽《つ》くしていた。早くなんとかしたいけれど、解体を依頼《いらい》したブラックウルフの引き取りにもまだ行っていないし、ルレットさんにも用がある。少しだけ悩《なや》み、まずは身軽になることを優先し私は冒険者《ぼうけんしゃ》ギルドへ行くことにした。

私がカウンターに向かうとアレンさんが相手をしてくれたのだけれど、その目の下には濃《こ》いクマができていた。

「こんにちはアレンさん。何だかお疲れのようですね？」

「誰《だれ》のせいだと思っているのかなこんにちは！　マリアちゃん!!」

アレンさんの日本語がまたちょっとおかしい。確か前にもあって、あの時はエステルさん絡《がら》みだったかな。

「本当に大変だったんだよ。マリアちゃんが持ち込んだブラックウルフの量が多過ぎて、他の解体作業に支障が出るっていうから、急遽《きゅうきょ》俺まで解体の手伝いをすることになったんだ。それも定時後にだよ！」

定時後……ちゃんと残業代が出ると良いですね。でもアレンさんに言われた条件で依頼した仕事なのだから、私にあたるのは違うんじゃないかな？

文句を言うなら上司とか冒険者ギルドの制度とか、そっちが先でしょう。私からは特に期限も伝えていないのだし。

「けどようやく解放された。俺、これから帰って床擦《とこず》れするまで寝《ね》るんだ」

それって真希《まき》が言うところの、フラグかな？

最初に言われたことも決め手になり、私はアレンさんへの温情《おんじょう》を心のゴミ箱にポイッと捨てた。

アレンさんと一緒に冒険者ギルドの解体部屋へ行き、ブラックウルフの解体費用として相殺《そうさい》された分を除いた諸々《もろもろ》を受け取った後、私はおかわりを取り出した。捕縛状態のフォレストディアの山に、緩《ゆる》んでいたアレンさんの顔から感情が抜け落ちる。

「解体費用は相殺で。それじゃ、よろしくお願いしますね？」

一応急ぎませんからと付け加えたけれど、アレンさんの耳に届いたかどうかは怪《あや》しいかもしれない。私は静かになった解体部屋を、そっと後にした。


ブラックウルフを解体して得られた物は、大量の毛皮と肉、爪《つめ》と牙に少しの魔石《ませき》。爪と牙は要《い》らないので冒険者ギルドで売り、毛皮は手触《てざわ》りが良く思ったよりふかふかだったので取っておくことにした。

元々七千Gくらい持っていたけれど、今回ブラックウルフの素材を売ったおかげで所持金は二万Gに。フォレストディアの解体による収入も見込めるから、しばらくは安心だ。

まとまったお金と大量にあるブラックウルフの肉を見た時、私はふと弟妹との懐かしい一時をある料理と共に思い出していた。

「あれならエステルさんや子供達《たち》も喜んでくれるかな？」

思い出に添《そ》えられていた料理は、ハンバーグ。より栄養がとれるよう煮《に》込みハンバーグにすると良いかもしれない。

そう考えた私は教会へ戻る前に野菜と小麦粉、そしてバターと牛乳を買い込んだ。

教会へ着くと、ちょうどエステルさんと子供達が戻ってくるところだった。私を見つけるなり子供達が駆け寄ってきて、『きょうのごはんはなに？』と言われた時には苦笑したけれど、恥ずかしそうに顔を赤くして嗜《たしな》めるエステルさんの姿は微笑《ほほえ》ましいね。

そんなエステルさんに作りたい料理があるので手伝って欲《ほ》しいとお願いすると、ぱっと笑顔になり快く引き受けてくれた。

皆《みんな》で調理場に移動すると、私はまずブラックウルフの肉を取り出した。ボアの肉と違い筋っぽかったけれど、挽肉《ひきにく》にしてしまえば気にならないと思う。肉の塊を挽肉にするのには、普通なら専用の道具を使った方が早い。けれど私の【操糸《そうし》】スキルとステータスなら道具が無くても問題ない。スキルレベルが上がり糸を四本同時に操れるようになった私は、四本の包丁でブラックウルフの肉を瞬《また》く間《ま》に挽肉へと変えていった。

その間にエステルさんがニンニクとニンジンを擦《す》り下ろし、子供達がタマネギの皮を剥《む》く。剥き終わったタマネギは私が微塵《みじん》切りにして飴色《あめいろ》になるまで炒《いた》め、粗熱《あらねつ》をとってから擦り下ろしたニンニクとニンジン、挽肉に塩、乾燥《かんそう》してしまったパンを砕いて加える。

ここからはエステルさんと子供達に頑張ってもらい、混ぜた材料をひたすら捏《こ》ねてもらった。

その傍《かたわ》ら、私は大鍋《おおなべ》にバターを入れて火にかけ、小麦粉を加え焦《こ》がさないよう炒めていた。最初は粉っぽさがあった物が、溶《と》けたバターを吸って徐々《じょじょ》に固形化し塊になっていく。その状態になってからもしばらく炒めたら、少しずつ牛乳を加えのばす。塊は牛乳を加える毎《ごと》にゆるくなり、とろみが残るくらいの状態で牛乳の追加を止《や》め、味を調《ととの》えればホワイトソースの出来上がり。

ここに、成形しフライパンで焼き上げたハンバーグを次々投入していく。火加減に気をつけて少し待てば、煮込みハンバーグの完成。

味見をしながら調整したから心配はしていなかったけれど、うん、いいんじゃないかな。手間をかけた甲斐《かい》があり、【料理】のスキルレベルも一つ上がったしね。

「初めて見る料理ですけれど、とても美味しそうな匂いがしますね」

エステルさんが溜め息を溢《こぼ》すように言う傍《かたわ》ら、子供達の口からはまたも涎《よだれ》が垂《た》れていた。

ご飯には早過ぎる時間だと思うよ、君達。

私は大量に作った煮込みハンバーグの三分の二をエステルさんと子供達用に渡《わた》し、残りを予め用意していた木の深皿に入れ、アイテムボックスに仕舞《しま》った。これで街の外で食事することになっても安心だね。

料理の片付けをしていると、ルレットさんから個人向けの会話が届いた。

『こんにちはぁ、マリアさん』

『こんにちは、ルレットさん』

『実は例のスキルの件で相談したいのですけれどぉ、これからお時間ありますかぁ?』

『大丈夫ですよ。ちょうど料理し終わったところですし、ルレットさんに話したいこともあったので』

『それは良かったですぅ、公式イベントのことでも相談がありますしぃ、冒険者ギルドの前でお待ちしてもぉ?』

『分かりました。これから向かいますね』

『よろしくお願いしますねぇ』

そういえば【捕縛】スキルの扱《あつか》い、ルレットさんにお願いしたままだったね。言われるまで忘れていたよ。

エステルさんと子供達に別れを告げ、私は冒険者ギルドへ向かった。特に急いだわけではないのだけれど、ルレットさんの姿はまだない。

仕方なく入り口の外でネロを喚《よ》び戯《たわむ》れていると、頭上に人影《ひとかげ》が落ちてきた。

ルレットさんかな？　と思い顔を上げたら、知らない男性の冒険者が立っていた。

「君小さくて可愛《かわい》いね！　初心者装備ってことは、ＭＷＯ始めたばっかかなの？」

突然《とつぜん》馴《な》れ馴《な》れしく話しかけられ、私がどう答えたものかと思案していると、向こうは話を聞く気があると思ったのか、勢いよく捲《まく》し立て始めた。

「見たところ後衛でしょう？　後衛が一人でレベルを上げるのは辛いって。俺もう二次職で火力あるから手伝ってあげるよ。これから狩《か》りに行くとこだし、君も一緒《いっしょ》に行こう！」

「あの、私は人を待っているので結構です」

なんとかそう答えたけれど、止まる気配はなく。

「そんなこと言わないでさ。そうだ！　待っている人には後からこっちに来てもらおう。それなら時間も無駄《むだ》にならないし、良い考えじゃない？　そうしよう!!」

ああ、これはまずい。バイトで時々見かけた、人の話を聞かず都合よく解釈《かいしゃく》して自己完結するタイプの人だ。

この手の人は基本、何を言っても通じない。ゲームの世界って、こういう時どうしたらいいんだろう。

強引《ごういん》に掴《つか》まれそうになり思わず後退《あとずさ》ると、間に入ったネロが毛を逆立て威嚇《いかく》してくれた。

「なんだこの猫、俺はこの子と遊ぶんだから邪魔《じゃま》すんなっ！」

蹴られそうになっても一歩も退《ひ》かず立ち塞《ふさ》がるネロを、私は思わず抱きしめ庇《かば》った。

蹴りの痛みに備え目を閉じ体に力を籠めていると……あれ、痛みも衝撃もこない？

恐《おそ》る恐る目を開けてみれば、男性の蹴りは私にぶつかる寸前、すらりと伸びた足によって空中で止められていた。

「あらあらぁ、こんな街中でナンパとは下品にも程がありますねぇ」

すらりとした足の持ち主は、ルレットさんだった。

「ルレットさん！」

「私が遅《おく》れたばかりにぃ、マリアさんには怖い思いをさせてしまいましたねぇ。でもぉ、もう安心ですからねぇ」

言葉と共にルレットさんが足を押《お》し込むと、対して力が入ったようには見えなかったのに、男性は力負けして仰向《あおむ》けに倒《たお》された。

「なっ、てめえ！」

「はいはぁい、汚《きたな》いお口は閉じましょうねぇ」

「ぐばっ」

ルレットさんが足を振り抜き凄《すご》い速さで蹴《け》ると、男性は体ごと吹っ飛び壁にぶつかった。

これ、現実だったら壁が真っ赤になっているんじゃないのかな……。

「私のお友達にぃ、不快な思いをさせるなんてぇ、万死《ばんし》に値《あたい》するんですよぉ」

普段と変わらないおっとりした口調だけれど、繰《く》り出されているのは男性の急所を狙《ねら》った蹴り蹴り蹴り。あ、野次馬《やじうま》の中でも男の人達が顔を青くしている。

最後はGMコール？　というのを行ったルレットさんによって、瀕死《ひんし》の男性は一瞬《いっしゅん》でその場から消えてしまった。一体何がどうなったのかは、後で詳《くわ》しく聞くとして。

「ありがとうございました、ルレットさん。助けてくれて」

「元はと言えば遅れてしまった私が悪いのですからぁ、むしろ申し訳なかったですぅ」

「それでもです。ネロもありがとう」

「！」

いつものように、こつんと頭をこすりつけてくるネロ。その様子を微笑ましそうに見ていたルレットさんが、座り込んでしまった私に手を差し伸べてくれた。

「ここではなんですしぃ、静かなところに案内しますねぇ」

私は手を取って立ち上がろうとしたけれど、膝が震《ふる》えて上手《うま》くいかなかった。そんな私を何も言わず抱き上げてくれたルレットさん。その抱き方《かた》がなんとなく真人《まさと》に似ていたせいか、目的地に着く頃、私の震えはすっかり収まっていた。


ルレットさんに案内されたのは、地下にあるバーのようなお店だった。

内装には木がふんだんに使われ、カウンターは光を反射するほど磨《みが》かれており、長年大事に扱われてきたのが分かる。店内の明かりは光量《こうりょう》が抑《おさ》えられ、少し離れれば客同士でも顔が良く見えなくなるよう配慮《はいりょ》されていた。

現実ではバーに行ったことがなく特に憧れもないのだけれど、この落ち着いた雰囲気《ふんいき》は良いね。

「一番奥《おく》の部屋を借りますねぇ」

慣れた様子でルレットさんが声をかけると、カウンターの奥でグラスを磨いていた、壮《そう》年《ねん》の男性が無言で頷《うなず》いた。

一番奥の部屋はテーブル席から意図的に離された所にある個室で、その扉《とびら》はかなり厚く、中に入り扉を閉めると外の音が聞こえなくなった。

勧められるまま椅子に座ると、ルレットさんがテーブルの上にあった水差しからグラスに水を注《そそ》ぎ、私の前に置いてくれた。

「あと二人来ますのでぇ、もう少し待ってくださいねぇ」

「分かりました。でもその前に、ルレットさんにお礼を言わせてください」

「お礼ですかぁ？」

何のことかと首を傾《かし》げるルレットさん。

「頂いたぬいぐるみに、実はとても助けられているんです。だから改めて、ありがとうございました。そしてゼーラさんというベテランの道化師《どうけし》の方が、ルレットさんが作ったぬいぐるみを見てとても褒《ほ》めていましたよ。技と素材が高いレベルで揃《そろ》っているって」

「こちらの方に褒めてもらえるなんてぇ、嬉《うれ》しいですねぇ」

「それから、頂いたこの子に名前を付けたんです。ネロ！」

「！」

私が呼ぶとネロはテーブルの上に飛び乗り、ルレットさんに向け鳴く仕草をした。

「さっきも実は驚《おどろ》いていたのですがぁ、本当に生きているみたいですねぇ。触《さわ》ってみてもいいですかぁ？」

「もちろんですよ」

ネロも生みの親が分かるのか、自《みずか》らルレットさんに近付いていった。ルレットさんが撫《な》でると、ネロも甘《あま》えるようにルレットさんの手に体を寄せる。

「あらあらぁ、まるで甘えん坊《ぼう》さんのようですねぇ」

「でも強くて頼《たよ》りになる子なんですよ。そういえば、ネロに攻撃《こうげき》をさせたら雷っぽいのが出たんですけれど、何か心当たりはありませんか？」

「そういえばぁ、この子の瞳《ひとみ》には【ライトニングタイガーの魔石《ませき》】を使っていましたねぇ」

「ライトニングタイガー？」

「〝試《ため》しの森〟の先にいるぅ、フィールドボスですねぇ。文字通り雷を操《あやつ》る敵なんですよぉ。その属性を受け継《つ》いでいるのかもしれませんねぇ」

「そんな強そうな相手の魔石で作っていたなんて……やっぱりお金払《はら》いますよ」

「お友達ですからお気になさらずぅ。それにぃ、生きている姿を見せてもらえたのですからぁ、生産職としてはむしろお礼が言いたいくらいですよぉ」

ネロの喉《のど》を指先で撫でながら、幸せそうに微笑むルレットさん。そこまで言われてしまうと、これ以上は無粋《ぶすい》になってしまうね。

「分かりました。でも以前約束した通り、お裾《すそ》分《わ》けなら受けてもらえますよね？」

そう言って、私はエステルさん達と作った煮込みハンバーグを取り出した。

「これは一本取られてしまいましたねぇ。分かりましたぁ、お裾分けなら受けないわけにはいかないですねぇ」

「そうですよ。沢山作ったので、いっぱい食べてくださいね」

木匙《きさじ》も渡すと、受け取ったルレットさんが早速《さっそく》一口ハンバーグを食べた。

「あつあつぅ……んんっ！　これはお金が取れる味ですねぇ。前にも思いましたけどぉ、ただ美味しいだけじゃなくてぇ、味がとても優しいんですよぉ」

味が優しい、か。そういえば、真希も朝食の時にそんな感じのことを言っていたような気がする。『お姉ちゃんの料理っていうジャンルなんだよ』という、独特な表現で。

何も特別なことはしていないのだけれど、喜んでもらえたのは素直《すなお》に嬉しい。

黙々《もくもく》とルレットさんが匙を動かし、ハンバーグが半分くらいになったところで不意に部屋の扉が開いた。

「なんだお前、旨《うま》そうな物を食っているじゃねえか」

鼻をひくつかせながら現れたのは、身長の割に短くて太い手足をした男の人だった。顔立ちは濃いめで、ぎょろっとした眼は睨《にら》み付けるような迫力《はくりょく》がある。

着ている服は作業着っぽく、部屋の雰囲気にまるで合っていないけれど、初心者装備の私も人のことはいえないので黙《だま》っていた。ちなみにルレットさんは、スリットの入ったカーキ色のロングドレスを優雅《ゆうが》に着こなしている。

「マリアさんの料理はとっても美味しいんですよぉ。マレウスにはあげませんからねぇ」

「要らねえよ、んなもん」

「マレウスちゃんはそんな言い方ばかりしてるから、また女の子に振られちゃうのよ」

次に現れたのは、スーツを着て青い髪《かみ》を肩《かた》まで伸ばした長身の女性？　だった。

外見は有能な女秘書といった感じで声音《こわね》も高めだけれど、隠《かく》しきれない重低音《男声》が混ざっている。その点が見た目との激しいギャップを生んでいた。

「おまっ、なんでカンナがそのことを⁉」

「なんでって、マレウスちゃんが告白した女の子から相談を受けたからよ？　『俺の隣《となり》で相槌《あいづち》を打ってくれ』なんて意味不明の告白をされたら、誰だって怖がるわよね」

「うわあっ！　今すぐ忘れろてめえ‼」

突然《とつぜん》始まる取っ組み合い……えっと、私はどうしたらいいのかな？

「マリアさんが驚いていますからぁ、二人ともその辺にっ！」

ルレットさんの拳《こぶし》が二人の頭に勢いよく落下し、〝ゴンッ〟と鈍《にぶ》い音を立てた。人体から発してはいけない音なんじゃないかな、今の……。

頭を押さえて蹲《うずくま》る二人をよそに、ルレットさんが私に向き直る。

「こっちの玉砕《ぎょくさい》したのが鍛冶《かじ》を専門にしているマレウスでぇ、こっちの外見だけ秘書が木工《もっこう》を専門にしているカンナですぅ。今日マリアさんに相談したいのがぁ、私とこの二人なんですよぉ」

「……はあ」

やっと出たのは溜息《ためいき》のような返事で。

なんだろう、相談を受ける前なのにもう疲れている私がいた。

相当痛かったのか、涙目《なみだめ》になった二人が席に着いたのはそれから五分後のこと。

「改めて自己紹介《しょうかい》しますねぇ。私は裁縫連盟《さいほうれんめい》の長《おさ》のルレットですぅ」

何事もなかったかのように、ルレットさんが自己紹介を始める。マイペースな感じは崩《くず》れることを知らないらしい。

「あの、連盟って何ですか?」

「生産を主《おも》に楽しんでいるぅ、有志《ゆうし》による集まりのようなものですねぇ」

学校の同好会みたいなものかな?

そんな集まりの長ってことは、ルレットさんはやっぱり凄《すご》い人だったんだね。一人納得《なっとく》していると、青い髪の女性?　が立ち上がった。

「ワタシは木工連盟《もっこうれんめい》の長のカンナよ。どうぞよろしくね？」

ぱちりと片目を瞑《つぶ》る仕草はどこから見ても女性だけれど、声との違和感《いわかん》が半端《はんぱ》じゃない。

色んな意味で緊張《きんちょう》を覚えた私は、ぎこちなく会釈《えしゃく》を返すので精一杯《せいいっぱい》だった。

カンナさんが着席すると、ぶすっとした様子の男性が同じく立ち上がった。

「俺は鍛冶連盟《かじれんめい》の長のマレウスだ。因《ちな》みにさっきこいつが言ったことは忘れろ、いいな」

さっき？　ああ、告白云々《うんぬん》のことか。別に覚えるつもりはなかったけれど、一応頷いておこう……と、最後は私だね。

立ち上がるとテーブルの下に隠れそうだから、座ったままの方が良いかな？

……自分で言って凹《へこ》んだりしてないからね、疑ってはいけないよ。

「マリアです。ジョブは道化師です」

名前だけでは簡素《かんそ》過ぎると思い、とりあえずジョブも言ってみる。料理スキルは別に誇《ほこ》れる程ではないと思うし。

「道化師だぁ？　そんな地雷《じらい》ジョブ、お前よく選んだな」

マレウスさんの口調は馬鹿にするというか、呆《あき》れるような感じだった。

地雷ジョブ？　周囲に被害《ひがい》を及《およ》ぼすような、そんな危険なジョブではないと思うんだけれど。私が疑問に思っていると、テーブルの上に乗せられたルレットさんの拳《こぶし》に再び力が籠《こ》められた。

「まぁ～れぇ～うぅ～すぅ～？」

朗《ほが》らかな笑《え》みとは裏腹に、〝ミシッ〟と不吉《ふきつ》な音が静かな部屋に響《ひび》いた。

マレウスさんの額に粘度《ねんど》の高そうな汗《あせ》が浮かぶ。

「いや、あれだ、何のジョブを選ぼうが自由だよな、うん」

三人とも連盟の長だという話だけれど、この場での長が誰なのかは良く分かるね。

「それで、【捕縛《ほばく》】スキルについて相談があるんですよね？」

話が進まなそうなので私から切り出すと、カンナさんが頷いた。

「【捕縛】スキルの重要性については、ルレットちゃんが話してくれた通りよ。ワタシ達二人も見解《けんかい》は同じ。だからマリアちゃん、正式に【捕縛】スキルの情報を売ってもらえないかしら。このスキルが広まれば、ワタシ達生産職の活性化にも繋《つな》がるわ」

「情報を売るのは構いませんが、本当にそれ程重要なスキルなんですか？」

「料理するなら少しは分かるんじゃねえか？　でかいモンスター倒しても得られるのが肉一切れ。それがまるっと一頭分手に入ると思えばお得だろう？　こっちも同じなのさ。特に今は色々と問題があるからな」

「問題？」

「まあ、それは後で話す。で、情報の対価《たいか》だが一M《メガ》でどうだ」

「一M？」

「一Mはですねぇ、百万の意味なんですよぉ」

「は？」

思わず間の抜けた声が出た。頭の中で百万という単語がループするけれど、一向に脳の処理が追い付かない。

だって百万だよ？　私が頑張ってブラックウルフを倒して得たお金と、手持ちを合わせても二万Gだったのに、その五十倍だよ⁉

額の大きさにくらくらしていると、ルレットさんがさらに衝撃的《しょうげきてき》な発言を口にした。

「生産をしていたらぁ、一Mくらい稼《かせ》ぐのも使うのもあっという間なんですよぉ。私達三人だけで数十M持っているくらいですからねぇ」

数十Mって、ボアの肉何枚分だろう。貧乏性《びんぼうしょう》からつい食材の単価で計算した私は、算出された枚数の多さに呆然《ぼうぜん》とした。

凄い世界なんだね、生産って……。

「そう考えたら一Mは安いかしらね。マリアちゃんが希望するならさらに……」

「もう十分です‼」

カンナさんの言葉を遮り、私はお金を上乗せされる前にスキルの詳細《しょうさい》を三人に見せた。


【捕縛】

対象のＨＰを一割以下まで減らすと使用でき、成功すると対象を捕縛状態で取得可能となる。成功率はスキルレベルと武器に依存《いぞん》し、対象の強さに反比例する。

このスキルは戦闘《せんとう》により互《たが》いのＨＰが一割を切った上で、対象を捕《と》らえた状態を十分以上継続《けいぞく》することで取得できる。なお取得には対象と一対一で向き合う必要があり、他者から支援《しえん》を受けた場合スキルの取得は失敗する。


共通スキルの説明は軽く目を通していたけれど、下の方にある取得条件はちゃんと読んだことがなかった。なるほど、こんな条件だったんだね。カリュドスとの戦いは無我夢中《むがむちゅう》だったから、スキルを取得できたのはただ運が良かっただけなのだと分かる。

「こいつは……どうりで誰も取得できねえわけだ」

「ほんとよね。一対一で捕らえた状態を十分以上継続というのは難しくないけど、そこに互いのＨＰが一割以下でという条件が入ると途端《とたん》に難しくなるわ」

「自分のＨＰが一割を切っていたらぁ、回復するか倒すかを優先しますからねぇ」

三人はそれぞれどこかに連絡《れんらく》を取った後、代表してルレットさんが私に取引を申請《しんせい》してきた。許可すると本当に百万Ｇを得てしまった。

今日はもうお腹いっぱいだよ……帰っていいかな？

「さて、それじゃスキルの精算も済んだことだし、イベントについての相談に移るか」

まだまだ解放してはくれませんか、そうですか……。


「公式サイトに載《の》っているイベントの告知は見たか？」

マレウスさんに問われ、ログイン前に見た内容を思い出す。

「確か【エデンの街に降《ふ》り掛《か》かる厄災《やくさい》を防げ】でしたっけ」

「そうだ。リアルで今日から一週間後の午後八時に開催される初の公式イベントだが、内容がどうも怪しい」

「そうなんですか？」

私が覚えている限り、怪しい感じはしなかったけれど。因みにイベントタイトル以外の説明はこんな感じ。

『ＭＷＯで二時間、皆で協力してエデンの街に降り掛かる厄災を防ぐ。参加は自由で、個人もしくはパーティー単位でのみ参加可能。イベント中はモンスターを倒す等によりポイントを入手できる。入手したポイントはイベント終了《しゅうりょう》後にアイテムやスキルと交換《こうかん》できる。取得ポイント上位十名には特別な報酬《ほうしゅう》が与《あた》えられる。パーティー内のポイント配分は貢献《こうけん》度に依存する。イベント中は死亡してもデスペナルティは発生しないが、ポイントが減る』

「タイトルと説明だけを見れば、よくある防衛イベントなのよ。けど厄災の説明が曖昧《あいまい》で、わざわざ皆で協力してと謳《うた》っている点に違和感があるの。大きなイベントなら、参加者同士で協力するのは当たり前だわ。そんな当たり前のことが、告知に書かれている。それって、何か当たり前じゃないことが起こる予兆なんじゃないか思うのよ」

なぞなぞみたいなカンナさんの言葉に、私の頭は思考することを放棄《ほうき》し始めていた。

「つまりですねぇ、私達はここに書かれている皆でというのがぁ、住人の方も指しているのではないかと思っているのですよぉ」

「お前はエデンのある第一エリアから出てねえから知らないかもしれんが、第二エリアの街では住人とプレイヤーの関係は最悪だ。俺《おれ》も行ってみたが、アイテムの値段はふっかけられるわ、宿は空いているのに満室で断られるわ、散々《さんざん》だったぞ」

エステルさんや子供達と接している私には、信じられない話だった。皆良い人ばかりだし、何度も助けられている。だからこそ、不思議で仕方がない。

「どうしてそんなに関係が悪くなったんですか？」

「原因はプレイヤーね。特に攻略組《こうりゃくぐみ》という、強くなることや手強《てごわ》い敵を倒すことを優先している集団が、自分達の都合を押しつけてアイテムを買い占《し》めたり、横暴《おうぼう》を働いたりしたのよ。一部、住人の方から教えてもらえるスキルがあるじゃない？　それ欲しさに、現実なら犯罪となるような行為《こうい》をしたプレイヤーもいたそうよ」

「酷《ひど》い話ですね……」

もしエステルさん達がそんな目に遭《あ》っていたらと思うと、ぞっとする。想像したくもない光景を追い出そうと目をぎゅっと瞑《つぶ》ると、足元でもふっとした感触《かんしょく》があり、ネロが体をこすりつけ心配そうに私を見上げていた。撫でてあげると気持ち良さそうに眼を細め、その表情が冷たくなりかけていた私の心を温めてくれた。

「そんな時だ。第二エリアの街で多くのプレイヤーが住人から悪感情《あくかんじょう》を向けられている中、ルレットはむしろ歓迎《かんげい》されたって話を聞いたのはな」

「教会の食事会でご一緒したぁ、バネッサさんのお店のお客さんとぉ、偶然《ぐうぜん》会ったのが切っ掛けでしたねぇ」

詳しく聞いてみると、ルレットさんも最初は住人の方から無視されたり、冷たくあしらわれたりしたらしい。それが街の中でバネッサさんのお客さんと会った途端、住人の方の態度が一変。アイテムの値段をふっかけてきたお店ではむしろ割引かれ、空いているのに満室と言われた宿では格安で良い部屋を提供してもらったみたい。

ルレットさんはMWOで私なんかと友達になってくれた良い人で、裁縫の技術はゼーラさんも太鼓判《たいこばん》を押す凄い人だ。分かる人にはやっぱり分かるんだね、うんうん。

私が腕組《うでぐ》みをして一人納得していると、くすくすとルレットさんが笑っていた。

「私が歓迎されたのはですねぇ、マリアさんのおかげなんですよぉ」

「えっ、なんで私が?」

「マリアちゃん、【兎《うさぎ》の尻尾《しっぽ》亭《てい》】の女将《おかみ》から身内発言されたのでしょう？　ルレットちゃんはマリアちゃんのお友達だから、その恩恵《おんけい》を受けたってことだと思うわよ」

「恩恵って、そんな大袈裟《おおげさ》なものじゃ……私はただ仲良くしてもらっただけですし」

そう答えると、顔を見合わせたルレットさんとカンナさんが何かを納得したように頷き合っていた。

「こういうところですねぇ」

「ええ、こういうところよね」

「だからなんなんですか！」

私がうがーっと声をあげると、微笑《ほほえ》ましそうに見つめられてしまった。

むぅ、解《げ》せない。

「そんな状況《じようきよう》だから、次のイベントで住人の協力が必要になった時、お前がいたら頼りになると考えた訳だ」

「ひょっとして、それが相談ですか？」

「ああ、俺達《おれたち》三人は当日パーティーを組んで挑《いど》む予定だ。そこに入ってもらいたい」

「私からもお願いしますぅ、マリアさんとなら一緒に楽しめそうですしぃ」

「ワタシも、マリアちゃんが来てくれたらとっても嬉しいわ」

三人はそう言ってくれるけれど、本当に私でいいのかな？

疑問は拭《ぬぐ》えず自信もない……ただ、そんな私でも必要としてくれるなら応《こた》えたい。

ましてその一人は、友達なのだから。

「分かりました。お役に立てるかは分かりませんが、ご一緒させてください」

その言葉に、三人は明らかにほっとした様子だった。う～ん、過度な期待をされていないといいんだけれど。

「そうと決まれば、協力の礼にその見窄《みすぼ》らしい初心者装備を一新させてやる」

「み、見窄《みすぼ》らしい」

私はその初心者装備にずっとお世話になっているんですが……。

「お前レベルはいくつだ？」

「……十四です」

少し不貞腐《ふてくさ》れたような声を出した私は、きっと悪くない。

「ならレベルがあと一上がればクラスチェンジだな。ジョブが上位のものに替《か》わるが、メイン武器や防具に変わりがなさそうなら、今のステータスに合った物を作ればそのまま使えるだろう。おいルレット」

「マリアさんのステータスならぁ、布か薄い革をメインにした軽い服が良《よ》さそうですねぇ。そしてデザインは少し大人びた感じにするのはいかがですかぁ？」

「大人びた、感じ……」

具体的な服のデザインは思《おも》い浮《う》かばないけれど、大人びたという言葉だけで良さそうに思える。

「上は甘くない白のワイシャツ風にしてぇ、下は髪と瞳の色の間をとりぃ、紺色《こんいろ》のロングスカートに」

「お任せします！」

ルレットさんの言葉を遮《さえぎ》り、私は思わず叫《さけ》んでいた。そこまで聞いただけでも、ルレットさんのセンスに任せれば間違《まちが》いないと確信できる。

私のセンス？　外では学校かバイトの制服、家では運動着だった私に何を期待しているのかな？

「あ、それなら武器の糸も新しくしたいんですけれど、これ使えませんか？」

私は【アラグネアの糸】と【ディアの腱《けん》】を取り出して見せた。

「【アラグネアの糸】は良い素材になりますよぉ。なかなかドロップしないといわれているんですけれどぉ、さすがマリアさんですねぇ。【ディアの腱】は補強するための合成素材になりますねぇ」

良かった、ネロと苦労して倒した甲斐《かい》があったね。

「お前道化師を選んだだけでなく、扱いの難しい糸を使っているのか。初心者が一人でよくそこまでレベルを上げたな」

「一人じゃないですよ。ルレットさんや住人の方にも助けてもらいましたし、それに今はこの子がいますから」

「！」

自分のことをアピールするかのように、ネロがマレウスさんへ猫《ねこ》パンチをお見舞《みま》いする。光るその手がダメージを発生することはなかったけれど、雷《かみなり》としての効果は発揮したようで。

「アバッ⁉」

変な声を出してマレウスさんが飛び上がる。笑っちゃダメだと思い我慢《がまん》していたら、既にルレットさんとカンナさんは爆笑《ばくしょう》していた。

「ったく……ん？　こいつの目【ライトニングタイガーの魔石《ませき》】じゃねえか。ってことはさっきのは雷か」

さすが生産系の長、見ただけで分かるなんて凄いね。

「魔石を素材にして属性を付与《ふよ》すること自体はよくある方法だが、ここまでの性能が出るってことは、魔石の使い方が……」

ぶつぶつと呟《つぶや》き思考に没頭《ぼっとう》し始めるマレウスさんを、ルレットさんが脳天《のうてん》に手刀《しゅとう》を落とし力ずくで止めた。

「考察は後ですよぉ」

「ぐおおぉぅっ、てめえ少しは手加減しろ！　頭割れんぞマジで……糸使いでそいつが雷の属性持っているなら、これを使ってみろ」

そう言って渡されたのは、細い銀糸《ぎんし》の束だった。

「【魔銀《まぎん》の糸】。金属の鉄板同士を繋げるために作ってみたものの、伸縮《しんしゅく》する性質がある上に耐久度《たいきゅうど》が微妙《びみょう》でお蔵入《くらい》りしていたもんだ。だが、お前なら使いこなせるかもしれん」

耐久度は気になるけれど、武器としてなら伸縮性《しんしゅくせい》は使い方次第《しだい》って気がするね。ありがたく受け取ると、今度はカンナさんが話しかけてきた。

「木工で今のマリアちゃんに役立つ物はなさそうね。なら、ワタシからはスキルの情報を提供するわ。取得して損のない物から、ネタ的な物までね」

スキルポイントが余っていたから、それはとても助かる。

教えてもらったスキルはかなりの数があり、どれを取得しようか迷う程《ほど》だったけれど、その中で特に気になる物が一つ。

「これは？」

「ん？　ああ、それに目を付けるなんてさすがね。夢があるスキルだけど、現状そのスキルで扱えるモノがないから、罠《わな》スキルとか死にスキルとか呼ばれているわ」

「扱えるモノ……それなら、こういうのはどうですか？」

思い付いたことを伝えると、カンナさんだけでなくルレットさんもマレウスさんも興味を示し、最終的に全員が協力してくれることになった。私から依頼《いらい》する形となり、もらった百万Gは十万Gに減ったけれど、後悔《こうかい》はない。

結局イベントについて議論するより、私の依頼をどう形にするかの方が盛り上がってしまった。


話し合いが終わったのは、お店に入ってから三時間後のこと。皆《みんな》これからのことを考えているのか、その目は童心《どうしん》に返ったように輝《かがや》いていた。

かくいう私も、年甲斐《としがい》もなくはしゃいでしまった自覚がある。だってもしあれができたら、夢にも思っていなかったことが実現するのだから。

新しい装備は素材の在庫があるらしく、一日で仕上げるとルレットさんが言っていた。オーダーメイド品を一日で作れるって、かなり凄いことなんじゃ……。

別《わか》れ際《ぎわ》に私が持っていたハンバーグの半分を渡《わた》しておいたけれど、今度はルレットさんの好きな物を聞いてお裾分けしよう。

ちなみにハンバーグを半分渡すと言った時、マレウスさんがじっとこちらを見ていた。

それに気付いたルレットさんは、自慢《じまん》するように一度私にハンバーグを外に出させてからアイテムボックスに仕舞《しま》い、マレウスさんを激昂《げっこう》させていた。

三人と別れた後、私はカンナさんから教えてもらったスキルを習いに行くことにした。

その殆《ほとん》どがエデンの住人の方に教えてもらえる物で、お願いしたら皆快《こころよ》く教えてくれた。おかげでいくつかのスキルを取得することができたけれど、カンナさんが死にスキルと言っていた物だけは別。与えられた課題が難し過ぎて、取得するまでに一体どれだけ時間がかかるのか検討もつかない。

気が遠くなりそうになるのを堪《こら》え、私は取得したスキルを確認《かくにん》した。

(スキル：スキルポイント＋36↓20)
【操糸《そうし》】Ｌｖ12　【傀儡《くぐつ》】Ｌｖ５　【クラウン】Ｌｖ７
【捕縛】Ｌｖ４　【料理】Ｌｖ６　【下拵《したごしら》え】Ｌｖ１　【促進《そくしん》】Ｌｖ１
【暗視《あんし》】Ｌｖ１　【瞑想《めいそう》】Ｌｖ１　【視覚強化】Ｌｖ１　【聴覚強化《ちようかく》】Ｌｖ１

これまでの共通スキルは取得に必要なポイントが二だったけれど、強化のスキルだけは四必要だった。まあ明らかに有用そうだしね。カンナさんからも勧《すす》められたし、ポイントも溜《た》まっていたので取得した。各スキルの説明はこんな感じ。

【下拵え】

【料理】における下拵えを簡略化する。下拵え可能な内容はスキルレベルに依存する。

【促進】

生産対象における時間の経過を速めることができる。スキルレベルが上がることで消費ＭＰが減少し、経過時間の速度が向上する。

【暗視】

暗闇《くらやみ》の中でも物を見ることができる。鮮明《せんめい》さはスキルレベルに依存する。

【瞑想】

待機状態のＭＰ回復速度を向上させる。回復する速度はスキルレベルに依存する。

【視覚強化】

遠くの物が良く見えるようになる。見える距離《きょり》と精度はスキルレベルに依存する。

【聴覚強化】

音が良く聞こえるようになる。聞こえる距離と精度はスキルレベルに依存する。


料理をする私にとって、【下拵え】と【促進】はありがたいスキルだ。【暗視】はブラックウルフと戦った時に苦労したから、その反省として。【瞑想】は最近MP消費が多くなってきたので取得した。【視覚強化】と【聴覚強化】は、あれば役に立つでしょう。

満足してスキル画面を閉じると、私は〝試しの森〟の奥へとレベル上げに向かった。

午前十時にログインしたのに、色々あってもう午後八時になろうとしている。夜の森は相変わらず真っ暗だけれど、【暗視】のおかげで鮮明とはいわないまでも、困らない程度には見える。

途中《とちゅう》襲《おそ》ってきたブラックウルフは前回十分相手をしたので最低限だけ倒《たお》し、どんどん先へと進む。

フォレストディアに遭遇《そうぐう》した辺りにくると、【聴覚強化】のおかげか風もないのに頭上で〝カサカサッ〟と木の葉が微《かす》かな音を立てているのに気が付いた。

立ち止まり警戒《けいかい》した様子のネロと一緒《いっしょ》に見上げれば、わらわらと蜘蛛《くも》が降りてくる。

「ナイトスパイダー……アラグネアの元かな？」

見た目はアラグネアをそのまま小型化したような感じだ。

アラグネアが糸を吐《は》いてきたから、そのための警戒は必要だね。一対一ならまだしも、最初から一対多、いや二対多だから慎重《しんちょう》にいかないと。

糸の結界を張っていると、予想通りナイトスパイダーが糸を吐き出した。けれど予想通りだったのはそこまで。

「糸を……振り回している？」

ナイトスパイダーは吐き出した糸の先端《せんたん》で地面に転がっている石を包むと、前足で器用に振り回し始めた。その回転速度はどんどん上がっていき、不穏《ふおん》な音が鳴り始める。これってまずいやつかも。

糸を手放しすぐさま樹《き》の後ろに回ると、一瞬遅《いっしゅんおく》れて〝ガツンッ〟と硬《かた》い音が響いた。

顔を半分だけ出して窺《うかが》うと、そこには全てのナイトスパイダーが投石可能な状態で待機していた。

「ちょっ！」

次々放たれる石の雨。

ああもう！　点の攻撃に糸の結界は弱いんだよ!!

今はまだ樹が保《も》っているけれど、いつまで保つかは分からない。以前カリュドスが樹を圧《へ》し折ったのを見ているからね、絶対じゃないと思うんだ。それに回り込まれて攻撃されたら為《な》す術《すべ》がない。

私は離《はな》れた場所に糸を伸《の》ばし、【クラウン】を立て続けに発動していった。【クラウン】の注意を集める力が弱いなら、数で補えばいいよね。

すると狙《ねら》い通り、【クラウン】が発動される度《たび》に私から注意が逸《そ》れていく。ここまで状況が整えば、あとは簡単だ。

「ネロ！」

「！」

【クラウン】を発動した場所の反対側からネロが飛び出すと、投石の準備が整っていないナイトスパイダーに接近し、次々と猫パンチを見舞《みま》っていく。【傀儡】のスキルレベルと私のＤＥＸが上がったせいか、ネロの動きは一段と速くなっている。

異変に気が付いたナイトスパイダーが散発的に投石を行うけれど、余裕《よゆう》で躱《かわ》しその隙《すき》に猫パンチを叩《たた》き込む。暗闇の中で光り出したネロの手が、その光を収めるまで五分とかからなかった。

「ご苦労様、ネロ」

「！」

勝鬨《かちどき》をあげるかのように、空に向かって大きく口を開ける仕草が可愛《かわい》いね。

でもそれって、どっちかというと犬科の行動じゃないかな？　可愛いからいいけれど。

その後もネロと一緒にナイトスパイダーを倒し続けること、二時間。途中《とちゅう》ジョブスキルも上がり、そしてついに待望のメッセージが。

『レベルが15になりました。クラスチェンジが可能です。クラスチェンジはエデンの街のゼーラに認められることで行えます』

やった！　でもクラスチェンジするためには、あのゼーラさんに認められないといけないんだね……。

ハードルが高そうな予感に、私の上がったテンションは一転、ずーんっと落ちていった……………。

夜が更《ふ》けたこともあり、私は街に戻《もど》ると教会へ向かい、エステルさんが整えてくれた寝《しん》台《だい》で横になりログアウトした。

目覚めると、現実では夕方六時だった。真人が夕飯を作り始めているのか、良い匂《にお》いが部屋の中に漂《ただよ》っている。

「ごま油と生姜《しょうが》に大蒜《にんにく》の香り、夕飯は中華《ちゅうか》かな」

真希は真人の料理が私に敵《かな》わないと言ってくれたけれど、そんなことはないと思う。味付けは勿論《もちろん》、盛り付けも綺麗《きれい》だし、私の体調を気遣《きづか》って調理法を工夫《くふう》しているしね。

真希もあんなことを言いながら残さず食べているし、認めてはいるんだろうけれど。

「変なところで張り合うからなあ、私の弟妹《ていまい》は」

思い浮かぶ二人のやり取りに可笑《おか》しみを覚えていると、真希がやってきた。

「お姉ちゃん楽しそう！　何かあったの？」

「ふふ、何でもないよ」

「ええ、絶対何かあったでしょう！　わたしか真兄関係で!!　今お母さんみたいな顔でわたしのことを見ていたもん!!!」

真希がベッドに駆《か》け寄り、私の顔を覗《のぞ》き込んでくる。

さすが、真希は鋭《するど》いね。でもそっか、母さんみたいな顔をしていたんだ……私は片手をゆっくり持ち上げ、真希の頭を撫《な》でた。

「真希は可愛いなって思っていたんだよ」

「むう～なんだか誤魔化《ごまか》された気がする！　けどお姉ちゃんに頭を撫でられるのは久しぶりだからいいや！　昔はよくこうして撫でてくれたよね」

結《ゆ》わえられたツインテールが機嫌《きげん》良さそうに揺《ゆ》れている。

「今日のお仕事はもういいの？」

「ばっちりだよ！　仕込んでいた会社の株を上手《うま》く手仕舞《てじま》いできたから、損切《そんぎ》りした分を差し引いて八千万円のプラスかな」

「そ、そうなんだ……」

真希の仕事の話は何度も聞いているけれど、扱《あつか》っている金額の大きさにどうしても慣れることができない。だって八千万円って、働いている人の平均年収を約四百万円とすると、二十年分だよ？　二十年分の収入をこの一日で……そのために膨大《ぼうだい》な情報を集め、分析《ぶんせき》し、真希が毎日遅《おそ》くまで頑張《がんば》っていることは知っているけれど………。

ほんと、真希は凄い子に育ってしまったよ、母さん。

今日の成果を楽しそうに話す真希の声に耳を傾《かたむ》けていると、夕飯ができたと真人が知らせにきた。

予想通り夕飯は中華で、野菜と魚介《ぎょかい》たっぷりの豪華《ごうか》な中華丼《ちゅうかどん》だった。ちなみにうずらの卵が入っていないことに真希が怒《いか》り、真人が『文句を言うなら食うな』と言ったけれど、

『そのお金は誰《だれ》が稼いでいるのかな？』という反撃《はんげき》に敢《あ》えなく敗北。真人は一人、うずらの卵を買いに行かされることになった。


楽しい？　夕飯の後、私は再びＭＷＯにログインした。

ＭＷＯの時間は午前中で、部屋を出て階下《かいか》に降りると、子供達《たち》に囲まれながら食事の準備をしているエステルさんに出会った。

「こんにちは、エステルさん」

「マリアさん！　こんにちは。これから食事なんですが、一緒にいかがですか？」

満腹度は三分の二くらいだし、エステルさんのお誘《さそ》いなら断る理由もないね。

「ではお言葉に甘《あま》えて。エステルさんはパンをお願いできますか？　代わりに主菜《しゅさい》は私が作りますから」

「そんな、いつもお世話になってばかりですし……」

申し訳なさそうにするエステルさんに、気にしなくていいですよと私が言う前に。

「やった！」

「おなかいっぱいたべられる！」

「シスターの野菜ばっかかの料理より、やっぱマリア肉だよな！」

最後のはヴァンかな？

その言い方だと私がお肉みたいに聞こえるから、気を付けようね。あとそんなことを言っていると、どうなっても知らないよ？

と思っていたら、背後に控《ひか》えていたエステルさんによってヴァンは連行されてしまった。

その後悲鳴のようなものが聞こえた気がしたけれど、自業自得《じごうじとく》だしこれも教育だよね、多分。

先に調理場に着いた私は、ダイコン、ニンジン、キャベツ、ジャガイモといった野菜を取り出した。肉が出ると思っていた子供達は露骨《ろこつ》にがっかりした表情を浮かべたけれど、それは最後に食べてから判断して欲しいな。

私は早速《さっそく》、取得した【下拵《したごしら》え】のスキルを野菜に使ってみた。すると魔法《まほう》のように野菜の汚《よご》れが落ち、皮や芯《しん》の部分が取り除かれる。

「おお、これは便利」

ここまで処理してくれるなら、後は包丁を糸で操《あやつ》って刻むだけだ。次々と細かく刻んでは鍋《なべ》に放り込み、水は入れず蓋《ふた》をして火にかける。こっちはひとまず大丈夫《だいじょうぶ》。

次に、以前ブラックウルフの肉を使った時に取っておいた骨を別の鍋に入れ、水とニンニクを加えて煮《に》込む。沸騰《ふっとう》してきたら【促進《そくしん》】を発動。瞬《またた》く間《ま》に灰汁《あく》が出てきたのでせっせと掬《すく》い、蓋をしてさらに【促進】で煮込んでいく。

むむ、【促進】のMP消費が結構激しい。早くレベルを上げて消費を抑《おさ》えたいところだけれど、この後MPを使う予定もないので【促進】をかけ続ける。

二十分後、スキルを止めて蓋を開けると、豚骨《とんこつ》スープのような白濁《はくだく》したスープが出来上がっていた。作っておいてなんだけれど、これはどのくらい煮込んだことになるのだろう？

味見をしたら旨味《うまみ》は十分出ていたので、まあいっか。

野菜を煮込んだ方の鍋の蓋を開けると、良く火が通り野菜自身の水分が沢山出ていた。ここに狼骨《ろうこつ》？　スープを加え、軽く混ぜたら塩で味付けし完成。

後はエステルさんのパンが焼き上がるのを待っている間に、ピクルス液を作り野菜を浸《ひた》し、【促進】をかけピクルスを作った。

料理をテーブルに並べると、子供達は肉の無い少し濁《にご》った色のスープに微妙な顔をしていたけれど、一口飲んだ瞬間《しゅんかん》全員の目が見開き、貪《むさぼ》るようにスープを飲み始めた。

こらこら、パンとピクルスも忘れないようにね？

あとおかわりはあるからそこ、他の子のスープを奪《うば》おうとしない！

私は自分の食事を一旦《いったん》後にして子供達にスープのおかわりを配っていると、エステルさんの器《うつわ》も空になっていることに気が付いた。

「新しく取得したスキルを使い作ってみたんですけれど、どうでしたか？」

子供達より多めによそって尋《たず》ねると、片手を頬《ほお》に当てうっとりとした顔で答えてくれた。

「なんて奥深《おくぶか》く、美味《おい》しいスープなんでしょう。私はこれが天上《てんじょう》のスープだと言われても信じます！」

「さすがにそれは大袈裟ですよ」

喜んでくれたのは嬉《うれ》しいけれど、そこまで言われるとむず痒《がゆ》くなってしまうね。

結局テーブルの周りを三周することになり、大量に作ったはずのスープは数人分しか残らなかった。


教会を出た私は、街の南にある広場へ向かった。念のためエステルさんに再度聞いてみたけれど、ゼーラさんはやはり広場で見かけるらしい。

広場に着くと、以前と変わらずゆったりとした時間が流れていた。ピエロ姿をした四人もいて、芸を披露《ひろう》し周囲の人を楽しませているのも同じだ。

「ゼーラさんか……ひょっとして今回も見付けるのが大変なのかな？」

以前は老人姿で犬を連れていたけれど、今回も同じとは限らない。気を引き締《し》めようと意気込んでいると、当のゼーラさんが前と全く同じ姿でベンチに座《すわ》り、鳥に餌《えさ》をあげていた。拍子抜《ひょうしぬ》けしそうになり慌《あわ》てて鳥を注意深く観察したけれど、鳥に糸がついている様子はないし、今度は本物かな？

近付くと驚《おどろ》いた鳥達が一斉《いっせい》に羽ばたいていった。どうやらちゃんと本物だったみたい。

「おや、お主は確かマリアだったかの。この前もらった料理は旨かったぞ。ありがとう」

「いえ、こちらこそ道化師《どうけし》について色々教えてもらい助かりました。スキルも凄《すご》く役立っています」

「それは何よりじゃ。して、今日は何用かな？」

「実はクラスチェンジができるようになり、それでゼーラさんに会いに来たんです」

「ほう、ようやっとそこまできたか。なら条件は知っておるな？　儂《わし》から認められること、それだけじゃ。そしてお前さんは以前会った時でさえ、技量だけなら既《すで》に儂に認められるだけのものを持っておった」

「えっ？　じゃあそれって」

「合格じゃよ。クラスチェンジ可能な新たなジョブは、【傀儡師《くぐつし》】じゃ」

【傀儡師】

道化師で糸をメイン武器に選んだ者がなれる二次職。対象物を多数同時に扱うことに特化したジョブ。物量戦を得意とし、同時に操れる糸の数が倍になる。

「これが上位職なんですね……」

説明文を読んだ私は、正直微妙な気持ちになった。

「何か不満かの？」

「不満ではないんですけれど……なんだか私とネロの今の関係とは、方向性が違《ちが》う気がするんです。冷たいというか、物としか見ていないというか」

「しかしそれが【傀儡師】じゃ。戦力において物量というものは馬鹿にできんぞ。継戦《けいせん》能力の観点からも優れておる。そのためには依代への冷酷《れいこく》な扱いも必要じゃ」

「そうですけれど……ちょっと考えさせてください」

「構《かま》わんよ。心のままに動くことも、時には大事なことだからの」

心のままに、か……。

ふと、ネロとのこれまでの遣《や》り取りが脳裏《のうり》に浮かんだ。可愛くて強くて、本物と違うところがあるとすれば鳴かないことくらいの、私の大切な相棒。

心…………鳴く？

「……あの、ゼーラさん」

「ん？　やはり【傀儡師】になることを選ぶかの」

「いえ、それはまだです。それよりも、今日のゼーラさんはどこから話しているんですか？」

「儂は目の前にいるじゃろう」

「私、最近【聴覚強化】っていうスキルを覚えたんですよ。レベルはまだ低いけれど、ここまで近いと分かります。目の前のゼーラさんからは、どうして心臓の鳴る音が聞こえないんですか？」

「……」

「言いながら私もまだ信じられないんですけれど、目の前のゼーラさんは、人形なんですね？」

　すると、心臓の鳴る音が新たに聞こえてきた。それはゼーラさんの座っていたベンチの脇《わき》にある樹の裏の方。そこから現れたのは真っ赤なドレスに身を包み、同色の髪《かみ》をオールバックにした気の強そうな美人だった。

「よもやここで見抜《みぬ》かれるとは思わなんだ。お主《ぬし》、本当に何者じゃ？」

　言葉《ことば》遣《づか》いは変わらないけれど、声音《こわね》は女性のそれになっており、容姿と相俟《あいま》ってまるで女王様か何かのようだ。

「ただの一般人《いっぱんじん》ですよ。まあ、体的には一般的じゃないかもしれませんが」

ＳＴＲの低さと現実を踏《ふ》まえ、自嘲気味《じちょうぎみ》に答える。

「ふむ……しかし大したものじゃ。これは改めて、お主を認めねばならぬじゃろうな」

「どういうことですか？」

「こういうことじゃよ」

ゼーラさんが指を〝パチッ〟と鳴らすと、画面が起動しメッセージが表示された。


『特殊《とくしゅ》上位職【マリオネーター】が選択《せんたく》可能となりました』


【マリオネーター】

道化師で糸をメイン武器に選んだ者がなれる特殊二次職。操れる数は傀儡師とは異なり増えず、物量戦は得意としない。しかし傀儡対象との連係が強化され対象の性能をより引き出すことができる。


「これならば、お主の望みに適《かな》うのではないか？」

「は、はい！」

私は慎重に、間違えないよう【マリオネーター】へのクラスチェンジを選択した。

『【マリオネーター】へクラスチェンジしました。【傀儡《くぐつ》】のジョブスキルが【供儡《くぐつ》】に変化しました。【纏操《てんそう》】のジョブスキルが取得可能となりました』

新しいジョブスキルも気になるけれど、私はある期待を籠《こ》めて【供儡】でネロを喚《よ》んだ。現れたネロはこれまで以上に自然な動作で背伸《せの》びを一つした後、

「ニャア！」

と私に向け鳴いてくれた。思わず抱《だ》きしめた私の頬を、ネロがぺろぺろと舐《な》めてくれる。

「これからも精進《しょうじん》することじゃ。さすれば、供《とも》はいつでもお主に応《こた》えてくれるじゃろう」

人形だったゼーラさんを収納し、女性のゼーラさんが去っていく。私がその背中に頭を下げていると、ネロも一声鳴いて一緒に見送ってくれた。

クラスチェンジ後、達成感もありすぐにログアウトした私は、ブラインドサークレットを着けたまままいわゆる寝落《ねお》ちをしてしまった。

起きたのになぜか視界が暗く、少ししてそのことに気付いたけれど、起こしに来てくれ

た真人に『寝るならちゃんと寝ろ』と叱《しか》られた。

ベッドに備わっているセンサー情報を見た際、私があまり寝返《ねがえ》りを打っていないことに気付き心配したらしい。過保護な気もするけれど、五年も寝たきりだった私を看《み》ていてくれたのは主《おも》に真人だ。ゲームを楽しんでも、弟妹《ていまい》に心配をかけてはいけないね。

謝る私の頭を真人がぽんぽんする。許されたと思い安堵《あんど》していると、厳し目のリハビリという罰《ばつ》がしっかり用意されていた。

これがいわゆる飴《あめ》と鞭《むち》なのかな？　リハビリが終わり虫の息だった私は、おぼろげにそんなことを思っていた……。


午前中の様子を受け午後は軽いリハビリで済んだ私は、長めの休息を取った後ＭＷＯにログインした。ログインするとＭＷＯは昼過ぎで、私はエステルさんと子供達に挨拶《あいさつ》してから冒険者《ぼうけんしゃ》ギルドへ向かった。目的は解体を依頼したフォレストディアの受け取り。

依頼から数日経《た》っているし、もう解体し終わっているよね。

冒険者ギルドに入り右手のカウンターを見ると、死んだような目をしたアレンさんがそこにいた。

えっと、私のせいだったりするのかな？

恐《おそ》る恐る近付いてみたけれど、アレンさんの反応はない。

「こ、こんにちはアレンさん」

「……やあ。マリアちゃん、か」

途切《とぎ》れ途切れの、どこか虚《うつ》ろな声が返される。

「フォレストディアの解体が終わっていれば、受け取りたいと思って来たんですけれど」

「……フォ、フォレストディアッ！　フォレストディアッ!!」

ガクガクと震《ふる》えだし、うなされたように『フォレストディアッ』を連呼するアレンさん。

その狂気《きょうき》すら感じさせる姿に固まっていると、アレンさんは他の職員の方に連れられ建物の奥《おく》へと消えていった。

「えっと、今のは一体……」

「ああ、取り乱してすまん。嬢《じょう》ちゃんがフォレストディアを持ち込んでから、アレンはまた解体の手伝いをさせられていたんだが、光を無くしたフォレストディアの円《つぶ》らな瞳《ひとみ》を何時間も目にしたせいか、罪悪感に囚《とら》われたみたいでな。同僚《どうりょう》が様子を見に行ったら、アレンは解体し終わったフォレストディアに向け、泣きながらずっと謝っていたって話だ」

「うわぁ……」

その光景を思《おも》い浮《う》かべると、トラウマになるのも無理はないね。同情するし、申し訳ない気持ちもあるけれど……うん、私は解体はやらない、絶対に。

たださすがに不憫《ふびん》なので、フォレストディアの解体で得られた物を受け取った際、アイテムボックスから煮込みハンバーグを取り出してアレンさんに渡すよう頼《たの》んだ。その時、気付《きづ》けの言葉を添《そ》えることも忘れずに。

「煮込みハンバーグっていう料理で、エステルさん達と一緒に作ったんです。アレンさんに渡す時、そう伝えてください」

「よく分からんが、そう言えばいいんだな？　任せてくれ」

よし、これでアレンさんのフォローは多分大丈夫。

解体で得られた物は、【フォレストディアの角《つの》】【フォレストディアの肉塊《にくかい》】【魔石（小）】の三つ。【フォレストディアの角】は用途《ようと》が広いらしく、良い値段で売れた。【フォレストディアの肉塊】は燻製《くんせい》にすると美味しいと聞いたので、売らずに取っておくことにした。後でバネッサさんに調理法を聞いてみようかな？

冒険者ギルドを出た私は、ルレットさんがいつも露店《ろてん》を開いている場所へと向かった。

「こんにちは、ルレットさん」

「こんにちはぁ、マリアさん。ちょうど良いところに来てくれましたぁ。マリアさんの新しい装備ができましたよぉ」

そう言って嬉しそうに見せてくれたのは、以前言っていた白いワイシャツ風の服に、紺《こん》色《いろ》のロングスカート。

「凄い、本当に一日で作れちゃうんですね」

「えへへぇ、頑張りましたよぉ」

腰《こし》に手を当て、ルレットさんが誇《ほこ》らしげに胸を張る。

ありがたく装備を受け取り、私は一度アイテムボックスに仕《し》舞《ま》ってから装備画面を起動した。お世話になっていた初心者の防具セットに心の中で感謝を伝え、受け取った装備を身に着けていく。

「おおぉ～」

眼鏡の奥で、見えないけれどルレットさんの目が輝いたような気がした。

白いワイシャツ風の服は一見男性用にも見えるけれど、裾《すそ》と袖《そで》の部分にレースが施《ほどこ》されており、控えめに女の子らしさを主張している。

紺色のロングスカートは、クラシカルなメイド服のスカートの部分だけを仕立《した》てた感じで、細かに入れられたタックによってふわりとせず甘さを抑《おさ》えている。

オシャレ経験ゼロの私が言うのもなんだけれど、素晴《すば》らしいセンスだと思う。何より、これならルレットさんが言っていた大人びた感じが十分出るはず。

「とても素敵《すてき》です。こんなオシャレな服、現実でも着たことがありません」

「そう言ってもらえるとぉ、作った甲斐《かい》がありますねぇ。それとぉ、こちらもどうぞぉ」

渡されたのは少し黄色味《きいろみ》を帯びた糸と、ロングスカートに合わせた靴《くつ》。

「その糸はアラグネアの糸を加工したものですよぉ。靴は余っていた革《かわ》で作りましたので
え、よろしければどうぞぉ」

「ありがとうございます。こんなにもらってばかりで、いいんですか？」

「ふふふ、むしろマリアさんのおかげでぇ、私は儲《もう》かっているんですよぉ？」

「私のおかげ、ですか？」

「第二の街ですよぉ。他の冒険者が取引できない中ぁ、私だけがあそこでしか買えない物
を買えますからねぇ、稼《かせ》ぎ放題なんですよぉ」

そういえば、第二の街の住人の方と冒険者は仲が悪いんだっけ。ルレットさんがその取
引を一手に担《にな》っているとすれば、相当な利益をあげているのかもしれない。

「ですのでぇ、気になさらず受け取ってくださいねぇ」

「分かりました。ありがたく使わせてもらいます」

お礼を言って前回作った野菜と狼骨《ろうこつ》のスープをルレットさんに渡《わた》し、私は気分良く街を

歩き始めた。

装備画面には新しい装備を身に着けた私が映っている。これなら幼さが消え大人っぽく見えるはず。途中すれ違う冒険者が何か呟《つぶや》いていた気もするけれど、もう『なんで子供が？』とは言われないだろうから気にしない。

この時、これが盛大《せいだい》なフラグとなっていたことに、当時の私は知る由《よし》もなかった……。


教会に戻るとエステルさんが子供達と一緒に掃除《そうじ》をしていた。けれどそれは日常的に行うものではなく、子供達を総動員したまるで大掃除のようだった。

「ただいま、エステルさん。全員で掃除なんて、どうかしたんですか？」

「お帰りなさい、マリアさん！　あら、新しい服に替《か》えられたんですね。とても良く似合っていますよ」

自分でも良《い》いなと思っていたけれど、こうしてエステルさんからも褒《ほ》められると嬉しさが違うね。

「ありがとうございます。ルレットさんに作ってもらったんですよ」

「なるほど、ネロちゃんを作った方なら納得《なっとく》です。とても細やかな、気配りに満ちた仕立てですから」

その視線には、ほんのりと憧《あこが》れの色が見えた。エステルさんも女の子だもんね、今度ルレットさんに相談してみようかな。

「えっと、それでこの掃除なんですけれど」

「ああ、すいません。実は寝具《しんぐ》として使っていた藁《わら》が汚れてきたので、取り替えようとしていたんです」

「それで子供達も皆《みんな》手伝っているんですね」

藁を取り除いたら埃《ほこり》や塵《ごみ》を掃《は》き掃除して、場所によっては水拭《みずぶ》きで汚れを落とす必要もあるかな。水拭きしたまま藁を敷《し》いたら藁が傷《いた》むから、乾拭《からぶ》きして床《ゆか》の水気を取らないといけない。それから藁を敷くとなると、確かに大掛《おおが》かりだね。

「……丁度よかったかな」

「どうかしましたか？」

「いえ、なんでもありませんよ。よければ私も手伝います」

これからすることは反応が楽しみなので、もう少し秘密にしておこう。

申し訳なさそうにするエステルさんの背中を押《お》して、子供達がいつも寝ている大部屋に行くと、そこには掃除の意味を途中で忘れ、藁の投げ合いをしている男の子達がいた。

無言で一人ずつ捕《つか》まえる、エステルさん。

遊んでいた全員が捕まり、どこかに連行されてしばらく。戻ってきた子は全員半泣き状態だった。一方、エステルさんはにこやかだ。何があったのか、私には怖《こわ》くて聞けません。

私は真面目に掃除をしていた女の子達と一緒に、藁を片付け始めた。藁が軽いといっても嵩張《かさば》るから、体の小さい子供にはあまり持てない。だから持つのではなく、拭《ふ》き掃除するように四方から押し込み、中央に集めてもらった。後は私が糸を操り縛《しば》って捨てる。

細かな藁は抜け落ちるけれど、それは仕方がない。

掃き掃除は男の子達に任せ、水拭きが必要なところを女の子達と手分けして綺麗にする。その後は全員で乾拭きし、ようやく寝具を入れ替える準備が整った。

「では新しい藁を部屋に」

「あ、そっちは任せてください」

「え？」

エステルさんが戸惑《とまど》っている間に、私はアイテムボックスから大量のブラックウルフの毛皮を取り出した。瞬く間に黒い毛皮の山が出来上がり、エステルさんだけでなく子供達も呆然《ぼうぜん》としている。サプライズ成功かな？

「床にはこれを敷いてください。藁よりあったかいと思いますよ」

最初は恐る恐る触《さわ》った子供達も、そのふかふか具合にたちまち魅了《みりょう》され大はしゃぎとなり、そして案の定。

「「「「「とりゃあっ！」」」」」

一斉に飛び込んだ。

高そうなベッドを前にしたら飛び込みたくなるのと同じだね。微笑《ほほえ》ましく眺《なが》めていると、エステルさんがそわそわしている。なのでそっと背後から忍《しの》び寄り、トンと背中を押して毛皮の山に放り込んだ。

「きゃっ⁉　マ、マリアさん‼」

「あはは、すみません、つい」

非難するような口調とは裏腹に、早くもふかふかな感触《かんしょく》に魅了され、身じろぎしながら顔をほんのり赤くしているエステルさん。裾の長いシスター服がめくれ、いつもは隠《かく》されている白く細い脚《あし》が覗いていた。

これは刺激《しげき》が強過ぎて、ちょっとアレンさんには見せられない姿だね。

一通り満喫《まんきつ》した頃合《ころあ》いを見計らい、全員で床に毛皮を敷き詰《つ》めていく。足りるか心配だったけれど、隙間《すきま》なく敷いてもなお余りが出た。

「これで前より気持ち良く眠れると思うんです」

「いいのですか？　これだけの毛皮、売ればそれなりのお金になると思うのですが」

「私がブラックウルフを捕縛《ほばく》して手に入れた物ですから、気にしないでください。それにいつも部屋を借りていることを思えば、安いものです」

「マリアさん……ありがとうございます。子供達も喜ぶといいますか、喜び過ぎてもう眠っていますね」

見ればあれだけ騒《さわ》いでいた子供達が、好きな所に転がり寝息《ねいき》を立てていた。子供はこのくらい自由なのが良いね。この光景が見られただけでも、十分な価値があったかな。

くすりと笑うエステルさんに残った毛皮を預けると、私は教会の外に出ようとした。

「これからどちらに?」

「装備が新しくなりクラスチェンジもしたので、その成果を確かめに行ってきます」

「分かりました。あまり無理はしないでくださいね?　それと、マリアさんのお部屋の藁も頂いた毛皮に替えておきます」

「ありがとうございます。お言葉に甘えて、お願いしますね」

「はい、任せてください!」

無垢《むく》な笑顔《えがお》で応えてくれるエステルさんに、真希に勧《すす》められた漫画《まんが》で見たシーンが浮かび、悪戯心《いたずらごころ》が湧《わ》いてしまった。

私はエステルさんに近付き頬に手を当てると、下から見上げるようにその目を見つめた。

動揺《どうよう》するエステルさんをそのままに、いつもより低めの声で囁《ささや》く。

「頑張ってくれたら、後でご褒美《ほうび》……あげますね？」

「!!!」

一瞬《いっしゅん》にして耳まで真っ赤に染まるエステルさん。ほんと、エステルさんは可愛《かわい》いなあ。

ご褒美を何にしようかと考えながら、私は満足して教会を後にした。

成果を試《ため》すために私が選んだ場所は、〝試しの森〟の奥。これまでとは種類の異なるモンスターが出ると冒険者ギルドで聞いたため、値段も効果も高い高級ＨＰポーションを一個だけ補充《ほじゅう》しておいた。ＶＩＴの低い私は普通《ふつう》のＨＰポーションでも十分回復するのだけれど、念のためにね。

消費アイテムを確認《かくにん》し準備万端《ばんたん》と思っていたら、私はルレットさんが作ってくれた装備の性能を確認していないことに気が付いた。

「一番大事なことを確認し忘れていたなんて、危ないところだっ……た？」

装備の説明欄《らん》を見た瞬間、私の目が点になった。

【大蜘蛛《おおぐも》の粘糸《ねんし》】

アラグネアの糸から作られた、武器としての糸。
装備者の意志により、糸に粘性《ねんせい》を帯《お》びさせることができる。
粘性による影響《えいきょう》はステータスと【操糸《そうし》】のスキルレベルに依存《いぞん》する。
（装備特性《そうびとくせい》）粘性、ＤＥＸ＋７

【ミストシルクのシャツブラウス】
ミストワームから採《と》れる糸で編《あ》んだシャツブラウス。
魔法に対する防御力《ぼうぎょりょく》に優《すぐ》れ、スキル使用時のＭＰ消費を軽減する。
（装備特性）ＭＰ消費軽減（小）、ＭＩＤ＋４

【ウィンドレザーのロングスカート】
ウィンドホースの革《かわ》を薄《うす》く加工して作られた、見た目よりも軽いロングスカート。
革を薄くしているため防御力は高くないが、移動時に風の抵抗《ていこう》を軽減する。
（装備特性）風抵抗軽減（小）、ＡＧＩ＋３、ＤＥＸ＋２

【ウィンドレザーのシューズ】

ウィンドホースの革を薄く加工して作られた、軽いシューズ。

移動時の速度が上昇《じょうしょう》する。

（装備特性）移動速度＋5％、ＡＧＩ＋2、ＤＥＸ＋1

「……えっと、これは相当《そうとう》な代物《しろもの》なのでは？」

攻撃力《こうげきりょく》や防御力も上がっているけれど、何よりこれまで使っていた初心者装備にはなかった、装備特性という項目《こうもく》。明らかに強くなるであろう要素が、こんなに沢山《たくさん》付いている。どうしよう、値段を聞きたいけれど怖くて聞けない。

「お裾分《すそわ》けする料理、増える一方だよ……」

まあ、ここで悩《なや》んでも仕方がないね。私は頭を振《ふ》って気持ちを切り替え、マレウスさんからもらった物も確認してみた。


【魔銀《まぎん》の糸】

魔銀を特殊加工した、武器としての糸。

魔力《まりょく》の伝導効率《でんどうこうりつ》が良く、装備者の意志により伸縮性《しんしゅくせい》が生まれる。伸縮性はステータスと【操糸】のスキルレベルに依存するが、糸の太さにより制限がある。

（装備特性）ＭＰ消費軽減（小）、伸縮性
【大蜘蛛の粘糸】と違いＤＥＸが上がらないけれど、こちらにも固有の装備特性がある。

私はひとまず、ＤＥＸが上がる【大蜘蛛の粘糸】を選んでみた。

「ネロ！」

「ニャア！」

喚《よ》びかけに応《こた》え、ネロが元気よく現れる。さて、行きますか……。


〝試しの森〟の奥を目指す途中《とちゅう》、ボアやフォレストディアに襲《おそ》われたのだけれど、もはや全く相手にならなかった。

進化したといっても過言《かごん》ではない動きを見せるネロは一撃《いちげき》で相手を倒《たお》し、私も【大蜘蛛の粘糸】を絡《から》ませキュッとやったらその瞬間にＨＰが消し飛んだ。

「強くなり過ぎじゃないかなあ、これ」

あまりの変わりように少々、いや、だいぶ不安になるんだけれど……。

でも素直に嬉しかったのが装備特性の移動速度＋５％。数字だけ見るとそれ程《ほど》恩恵《おんけい》はなさそうだけれど、体感すると明らかに違った。

同じく装備特性でＡＧＩが上がっているのを加味しても、これまで牛歩並み《ぎゅうほ》だったのが人並み《ひと》になった感じだよ。やったね私！

……お願い、何も言わないで。

〝試しの森〟の奥、そこには山が広がっていた。山には広葉樹《こうようじゅ》や針葉樹《しんようじゅ》が雑多《ざった》と生《は》えており、人工ではない自然の山そのものに見える。

もしこれが現実で紅葉《こうよう》の季節だったら、色取《いろと》り取《ど》りの樹々《きぎ》が山を賑《にぎ》やかに彩《いろど》ったんだろうな。

そんな光景を思い描《えが》きつつ、山へと足を踏《ふ》み入れる。幸い勾配《こうばい》はそんなにキツくなく、私でもなんとかなりそうだった。

いつも通りネロに先行《せんこう》してもらいしばらく歩いていると、ネロが小さく警戒《けいかい》の声をあげた。

「ニャ！」

立ち止まったネロの側《そば》に寄り前方を見ると、モンスターの集団が見えた。

「ゴブリンソルジャー三体にゴブリンマジシャン、そしてゴブリンシーフか」

ゴブリンは子供くらいの大きさで頭に小さな角《つの》があり、目が異様に大きく口は耳元まで裂《さ》けていた。歪《いびつ》に並んだ歯の間からは唾液《だえき》が落ち、正直ちょっと近寄り難《がた》い。

ゴブリンソルジャーは刃《やいば》の欠けた剣《けん》を、ゴブリンマジシャンは枯《か》れ枝に襤褸《ぼろ》を巻いただけの杖《つえ》を、ゴブリンシーフは錆《さ》び付いた短剣《たんけん》を持っていた。防具は襤褸《ぼろ》切れ一枚を纏《まと》っているだけで、こちらにはまだ気付いていない。

慎重《しんちょう》にいきたいところだけれど、奇襲《きしゅう》できるなら仕掛《しか》けたい。狙《ねら》うなら、魔法《まほう》で遠距離《えんきょり》攻撃《こうげき》してきそうなゴブリンマジシャンかな。私の糸では防《ふせ》ぎにくいからね。

樹《き》を登ってネロに回り込んでもらおうとして、ふと閃《ひらめ》いた。

「どうせ奇襲するなら……」

樹の裏で閃いたことを試してみると、うん、ゆっくりなら問題なさそう。満足いく結果に、私はネロを伴《ともな》い行動に移った。

ゴブリン達《たち》はシーフを先頭にソルジャー三体が続き、後方にマジシャンが控《ひか》える隊形《たいけい》をとっていた。もっとも軍隊とは違い、仲間同士ふざけ合いながらの弛《ゆる》みまくったものだけれど。

「これなら安全に対処できそうだね」

眼下に広がるその光景に、思わずニヤリとした。私が閃いたこと、それはネロを樹に登らせるのではなく、糸を使って私が樹に登ること。

以前はＶＩＴが低く急激な負荷《ふか》でＨＰが減ったけれど、ゆっくりやれば問題なかった。

シーフとソルジャーが通過したのを見計《みはか》らい、私は伸《の》ばした糸をマジシャンの首に巻き付け一気に引き上げた。

スキルレベルの上がった【操糸】と高められたＤＥＸ、それに自重《じじゅう》が揃《そろ》い、マジシャンのＨＰはその足が地面を離《はな》れて直《す》ぐゼロになった。

他のゴブリンはマジシャンが消えたことに気付いてすらいない。その隙《すき》に糸を三本操《あやつ》り、ソルジャー三体へ同時に仕掛《しか》ける。マジシャンよりＶＩＴが高いのか空中で少し踠《もが》いたけれど、結末はマジシャンと変わらず。

残ったシーフは流石《さすが》に気付き、叫《さけ》びながら私目掛《めが》け走ってきた。でも私は樹の上にいて、容易には接近できない。シーフがとった行動は、短剣を樹に突《つ》き刺《さ》してよじ登るというものだった。

自ら無防備《むぼうび》な状態になってくれてありがとう。

その背後から、予《あらかじ》め待機していたネロが猫《ねこ》パンチを叩《たた》き込み、シーフのＨＰもゼロになった。完勝《かんしょう》といっていいんじゃないかな？

ただなんだろう、あまり戦った感じがしない。

「これは戦いというか……釣《つ》り？」

待ち伏《ぶ》せて上から釣って、残った相手はネロが倒す。うん、ぴったりな表現だと思う。

「まあ、安全に戦えるのは良いことだよね」

ドロップを拾い、私は気を取り直して次を探した。ちなみにドロップは【ゴブリンの耳】。

……これは楽をして倒した私への嫌《いや》がらせかな？

その後も同じ方法でしばらく戦い続け、ゴブリンを倒す時間より探す時間の方が長くなった頃、少し遣《や》り方を変えた。といっても大したことではなく、比較的《ひかくてき》ゴブリンが出やすい場所の上で私が待機し、糸を伸ばし【クラウン】を使ってゴブリンを集めるようにしただけ。

おかげで私は移動する必要がなくなり、かつ、倒す数は増えるという一石二鳥《いっせきにちょう》の結果となった。

慣れた頃に装備特性の粘性を使ってみたけれど、結構使い勝手が良い。触《ふ》れるだけで張り付いてくれるから、巻き付かせるという行為を必要とせずに相手の動きを阻害《そがい》できる。

特に効果的だったのは、集めたソルジャーが駆《か》け寄ってくる際、地面に対し水平に糸を張って転ばせる方法。一体が転ぶとそれに巻き込まれる者、助けようとして逆に糸にくっ付かれる者が続出し、勝手に自縛《じばく》してくれた。後は好きにできるのでとても楽だった。

倒し過ぎて警戒されたのか、あまりゴブリンが出なくなったので場所を変えると、ウォーキングウッドというモンスターに遭遇《そうぐう》した。それは枝を腕《うで》とし、根を足にして歩く樹だった。名前通りのモンスターだけれど、これが思ったより厄介《やっかい》で、糸で釣っただけではHPが全然《ぜんぜん》減らない。樹だから、締《し》めるという行為《こうい》が効きづらいのかな？

ネロの攻撃もいまいちで、どうしたものかと思案《しあん》した私は、【魔銀の糸】を使ってみることにした。

樹を倒すには斧《おの》やチェーンソーといった金属の道具がお約束だよね、という軽い思い付きだったのだけれど、その効果はなかなかで、巻き付かせるとHPが徐々《じょじょ》に減っていった。

「そういえば装備特性の伸縮性って、使ったらどうなるんだろう？」

糸だから、今より太くなることはないだろうし、細く伸ばす感じかな。そう念《ねん》じた瞬間《しゅんかん》、ウォーキングウッドが上下に両断《りょうだん》された。

HPは、見たままを反映《はんえい》したかのようにゼロだ。

「一体何が起きたのだろう……」

相手を真《ま》っ二《ぷた》つにする、そんな凶悪《きょうあく》な武器を持った覚えはないよ？

もう一度試《ため》すと、やはり巻き付けただけではHPが徐々に減るだけで、伸ばすとまた真っ二つになった。何度試してみても結果は同じ。状況《じょうきょう》から考えて、【魔銀の糸】が関係しているのは間違いないだろうけれど、良く分からないまま使い続けるのは危険な気がする。

「ちょっと調べてみよう」

ＭＷＯは、ゲーム内から外部のサイトを閲覧《えつらん》することが可能となっている。

私は今の事象を思い浮かべ〝糸〟、〝切断《せつだん》〟といった単語を入力し検索《けんさく》してみたけれど、それらしい事象は該当《がいとう》せず。そこで視点を変えて〝切れた〟ことを中心に調べたところ、ヒントがあった。

難しい原理は理解できなかったけれど、簡単にいうと包丁で物が切れるのは、刃が対象に接する面積が小さいから切れるらしい。

「だから【魔銀の糸】を伸ばし細くした結果、急に切れやすくなった……のかな？」

ひとまずそういうことだとして、今度マレウスさんにでも聞いてみよう。金属のことなら詳《くわ》しいだろうからね。

ちなみにウォーキングウッドがドロップしたのは【クルミの木材《もくざい》】だった。どうせなら木材ではなく、クルミが欲《ほ》しかったなあ。

それから延々《えんえん》と戦い続け、レベルも上がり今日は切り上げようとした時、突然《とつぜん》子供の悲鳴が聞こえてきた。

山間《やまあい》で音が反響《はんきょう》し、私では場所を特定するのが難しかったけれど、代わりにネロが耳をぴくぴくと動かし大まかな方向を教えてくれた。ネロが優秀《ゆうしゅう》過ぎて困る。私はネロの喉《のど》を一撫《ひとな》でしてから再び樹《き》の上に登り、教えてもらった方向に目を向けた。

「響《ひび》いてきた声の大きさからして、そこまで離れてはいないと思うのだけれど」

視覚強化《しかくきょうか》を活《い》かし探《さぐ》ると、細い獣道《けものみち》の先にある街道《かいどう》で人が集まっているのが見えた。

何もない街道の道端《みちばた》で、特に人が集まる理由もないだろうし、あそこかな。

樹から降りてネロを先頭に、念のため迂回《うかい》して近付く。すると聴覚強化《ちょうかくきょうか》のおかげか、子供の悲鳴、というより叫び声が詳しく聴き取れた。

「母さんが怪我《けが》したのはお前等《まえら》のせいだ！　冒険者なんか来るな!!」

ただならぬ雰囲気《ふんいき》にさらに近付くと、樹々の隙間から辛《かろ》うじて様子を窺《うかが》うことができた。

そこには冒険者達《ぼうけんしゃたち》に向かい、石を投げつける男の子の姿があった。

「うおっ、石投げてきやがったこのガキ」

「ってかなんだよ母親の怪我って、知らねえよ」

「相手するのも面倒《めんどう》だ、行こうぜ」

冒険者達は比較的冷静なのか、無視して通り過ぎようとしている。このまま何事もなければと、そう思っていたのだけれど……。

「このっ！」

どうしてまた石を投げるのかな君⁉

頭を抱《かか》えたくなる私の前で、投げられた石は運悪く冒険者の一人に当たってしまった。

「いい加減にしろよガキ。そっちから攻撃してきたんだ、攻撃されても文句《もんく》はねえよな」

腰に差されていた剣がすらりと抜《ぬ》かれる。私は咄嗟《とっさ》に糸を二本伸ばし、うち一本を草むらに忍《しの》ばせ【クラウン】を発動した。

「ん？　モンスターの気配か」

冒険者の意識が男の子から逸《そ》れ草むらに向く。その隙に私はもう一本の糸を男の子に巻き付け、即座《そくざ》に引っ張った。

男の子が私の方へ飛んでくることを確認し【クラウン】を解除すると、忽然《こつぜん》と消えた男の子に冒険者は狐《きつね》に摘《つま》まれたような顔をしている。

モンスターだと思っていた気配も消えているし、混乱するのも無理はないよね。

冒険者達はしばらく周囲を探っていたけれど、やがて釈然《しゃくぜん》としない様子のままその場から去って行った。

「ふう、なんとか戦いを避《さ》けられた……」

無意識に止めていた息を、思い切り吐《は》き出す。冒険者と戦ったことはないし、戦いたくもないから回避《かいひ》できて良かった。

緊張《きんちょう》から解放されると、今度は男の子に対しふつふつと怒《いか》りが込み上げてきた。あんな無《む》茶《ちゃ》なことをしたんだから、お説教の一つは覚悟《かくご》してもらわないとね。

「さて君、どうしてあんな危ないことを……って本当に危ない⁉」

男の子は気を失い、そのＨＰは半分以下に減っていた。引っ張る時は糸を【大蜘蛛の粘糸】に替え速さも抑《おさ》えたつもりだったけれど、予想以上に負荷《ふか》が強かったのかな？　って冷静に考えている場合じゃない！

慌《あわ》ててＨＰポーションを飲ませると、男の子のＨＰはすぐに全快《ぜんかい》し、しばらくして意識が戻《もど》った。

「大丈夫《だいじょうぶ》？　どこか痛いところはない？」

「……あれ、あいつ等は？　ここはどこだ⁇」

「ここは街道から少し離れた場所で、君がさっきまでいた場所から私が引き寄せたんだよ。あのまま放置していたら、危なそうだったからね」

実際は私の方が危なくしてしまったのだけれど、知らない方が良いことってあるよね？

「よっ、余計なことすんな！　それにお前も冒険者だろ！　あいつ等と同じなくせに‼」

こちらを睨《にら》むその目には、憎《にく》しみの色がありありと浮かんでいた。

私は改めて、目の前の男の子を見た。年齢《ねんれい》は教会の子供達、ヴァンより少し年上かな。着ている服は繕《つくろ》われてはいるけれどボロボロって程ではなく、どこにでもいそうな子供だと思う。

そんな子供が自分より強いであろう大人、さらにいえば冒険者に向かっていくなんて余《よ》程《ほど》のことだ。『母さんが怪我したのは……』と言っていたのが原因なのは分かるけれど、どうしたものかな。

幸《さい》い、大して長くない私の人生においても、それなりの経験というものがある。参考にしたのは、真人《まさと》が荒《あ》れていた時の経験。

「そっか、君は冒険者《ぼうけんしゃ》が嫌《きら》いなんだね」

目《め》線《せん》を合わせ、まず相手の言葉を認める。

「大《だい》っ嫌いだ！　お前も冒険者だろ！　だからお前も大っ嫌いだ!!」

「嫌われちゃったかあ。でも初めて会って直ぐに嫌われるのは悲しいかな。ねえ、どうして冒険者が嫌いなの？」

そして何を言われても、受け止める姿勢を崩《くず》さない。

「冒険者は威張《いば》っていて、乱暴者ばっかりだ！　頑張《がんば》って働いていた母さんが怪我したのだって、お前等のせいだ!!」

「お母さんは働き者なんだね。そんなお母さんが、どうして怪我をさせられたのかな?」

「母さんは酒場の給仕《きゅうじ》をしていただけなのに、酔《よ》った冒険者が突然《とつぜん》抱き付いてきて、母さんが嫌がるといきなり殴《なぐ》ったんだ!!」

現実なら一発でお巡《まわ》りさん案件だけれど、ここまで酷《ひど》いんだ。マレウスさんの話だと、第二の街は今殆《ほとん》どの冒険者が相手にされていないらしいから、この子のお母さんが乱暴されたのはそれ以前かな。

そしてそんなことが頻発《ひんぱつ》していたら、住人の方に嫌われるのも無理ないね。

「お母さんの怪我の具合は?」

「……顔を殴られて、腫《は》れてる。骨が折れているかもってお医者さんは言っていた。治《なお》すには高いポーションが必要らしいけど、そんな金家《うち》にはないし。怪我した顔を見て母さんは毎日泣いて、外に出なくなったんだ」

初めて、憎しみとは違《ちが》う表情を男の子が見せてくれた。

『クエスト、〝母想《ははおも》う子〟が発生しました。クエストを受けますか?』

いやいやいや、ここでクエストってどういう感性《かんせい》しているの⁉

空気ってものがあるでしょう。悪いのは冒険者、つまり私達なんだから。報酬《ほうしゅう》を見るまでもなくクエストをキャンセルし、私は念のため買っておいた高級ＨＰポーションを取り出し、男の子の手に握《にぎ》らせた。

「良かったら使ってみて」

「これ、お医者さんが言っていたやつだ！　いっ、いいのか？」

思わず喜んでしまったけれど、嫌いな相手であることを思い出したって感じかな。

「もちろん。もし一本で足りなかったら、エデンから来た人を探して私宛《あて》に言伝《ことづて》を頼《たの》んでね。必要な分を届けるから。あっ、私の名前はマリアというのだけれど、君の名前は？」

「…………ライル」

「ライルか。お母さん想いの良い子だね」

「……なんで」

「ん？」

「なんでお前はそんなにしてくれるんだよ。誰《だれ》も助けてなんてくれなかったのに」

「なんで、か。なんでだろうね？　私にも良く分からないよ」

「……変なやつ」

「それは酷いなあ、これでも君よりお姉さんなんだよ？」

こつんと頭を小突《こづ》いてみたら、顔を逸《そ》らされた。気持ち顔が赤くなっていたのは、気付かなかったことにしてあげよう。

そこに〝キュルルルゥッ〟と、お腹《なか》の虫が盛大《せいだい》に鳴った。

「っ！」

そんなに慌《あわ》ててお腹を押さえたら、誰の虫かバレちゃうよ？

まあ私とライルしかいないから、バレるに決まっているんだけれどね。私は煮《に》込みハンバーグを二つ取り出すと、目の前に置いた。作ったのはそれなりに前でも、未《いま》だに出来立て状態だ。

「食べていいよ。せっかくだから、ＨＰポーション使った後のお母さんと一緒にね」

「………ありがと」

聞き取られないよう小さく呟《つぶや》いたつもりなんだろうけれど、聴覚強化でばっちり聞こえている。ここで感謝を言える子なら、もう大丈夫そうだね。

「一人で帰れる？」

「そんなに子供じゃねえよ」

「そっか、じゃあ気を付けてね。それと、もう冒険者に喧嘩《けんか》を売っちゃダメだよ？」

「しねえよ！　じゃあな……マリア」

「それじゃあね、ライル」

第二の街がある方へと、ライルが歩き出す。手を振り見送る私の前で、遠ざかるその背中は小さくなっていき、そして見えなくなった。

「想定外の出来事で疲《つか》れたよ。時間も結構経《た》ったし、帰ろうかネロ」

声をかけると、ネロはバッと私の後方へ向き直り、これまでに聞いたことがない警戒の声をあげた。

「フシャーッ!!」

気を逆立《さかだ》てる様子に慌てて私も構えると、二メートル程離《ほどはな》れた場所にある影《かげ》が盛り上がり、分裂《ぶんれつ》と統合《とうごう》を繰《く》り返し、人の形になっていった。

現れたのはシルクハットを片手で押さえ、真っ黒な包帯《ほうたい》のような物で全身を包んだ不気味な存在。その顔は同じ黒い仮面で覆《おお》われており、唯一《ゆいいつ》、目だけが血のように赤い色を放っていた。

「もう堕ちていい頃かと思って来てみれば、これはこれは、まさかあの状態から持ち直すとは」

私達など眼中《がんちゅう》にもないといった感じで、平然と独り言を口にする。

そんな言葉を聴きながら、私は体の震《ふる》えが止まらなかった。強さのレベルが違うどころか、次元が違う。これがその気になれば、蝋燭《ろうそく》の火を吹《ふ》き消すよりも簡単に、私のＨＰを散らすことができると思う。正直逃《に》げ出せるものなら今すぐ逃げ出して、間髪《かんはつ》をいれずログアウトしたい。

と、赤い目が思い出したようにこちらに向けられた。押し寄せるあまりの恐怖《きょうふ》に、私は心臓が止まるんじゃないかと思った。

「おや、レディーを前に挨拶《あいさつ》もせず独り言など、失礼致《いた》しました」

慇懃《いんぎん》に、腰《こし》を深く折って頭を下げてくる。

「しかし、なるほど……エデンの進みが悪いのは、そういうことでしたか」

一人納得した様子で、何度も頷《うなず》いている。

「……あなた、何なの？」

謝罪の言葉を口にしておきながら、勝手に納得している様子にかちんときて、思わず問いかけてしまった。

「素晴《すば》らしい！　実に深い問い掛けです。私が何なのか……お答えしたいところですが、今はまだその時ではありません」

まるで時間が巻き戻るかのように、人の形が崩れただの影へと変わっていく。

「近いうちに、再び相見《あいまみ》えることとなりましょう。それまではこの一時を存分に謳歌《おうか》なさってください」

気配《けはい》が消え、ネロも警戒を解いたのを確認した私はその場にへたり込んだ。あんなのもう二度と会いたくないんだけれど、引っかかる言い方をしていたからなあ。

「これ、きっとイベント絡《がら》みだよね……」

ルレットさん達に報告しなくてはと思ったけれど、余裕《よゆう》のない私はエデンに戻ってすぐ、教会の部屋の寝台《しんだい》に倒れ込んだ。寝台の藁《わら》はブラックウルフの毛皮に替《か》えられており、そのもふもふ感に少しだけ癒《いや》され、私はエステルさんに感謝しログアウトしたのだった……。

幕間二▼▼真里姉と掲示板

＊＊＊　生産職の雑談掲示板　＊＊＊

ここは『生産職の雑談』掲示板です。
用法《ようほう》・要領《ようりょう》を守って正しくお使いください。
なお投稿者《とうこうしゃ》のＩＤは自動採番《さいばん》し管理しております。

〜〜〜〜〜〜〜〜〜〜

244：名前：名無しの冒険者
βからやっているんだが、ドロップ率落ちてないか？

245：名前：名無しの冒険者

分かる、おかげで討伐《とうばつ》による納品系クエがマゾいんだが。これなら普通に討伐クエだけやっている方が効率良い。

246：名前：名無しの冒険者
素材の値段が上がって生産がツライ。試作するにも金ガガガ……。

247：名前：名無しの冒険者
採取率は変わってないのが救いか。ＨＰポーションとか値上がりしていたら普通にヤヴァかったたな。

248：名前：名無しの冒険者
>>246
それな。運営に問い合わせたが『仕様通りです』って回答だったぞ。

249：名前：名無しの冒険者
仕様通り、魔法の言葉だよな。俺《おれ》もリアルで何度も……うっ、頭が。

250：名無しの冒険者
衛生兵《えいせいへい》！　衛生兵！

251：名無しの冒険者
しかしマジでなんとかならんのか。そして攻略組《こうりやくぐみ》の圧力がウザい。

252：名無しの冒険者
なんか行き詰《づ》まっているらしいぞ。第二エリアのモンスターが強いとかって理由じゃないらしいが、詳しくはシラネ。

253：名無しの冒険者
今冒険者ギルドにいるんだが、小さい女の子が真っ赤なボアを取り出した件。

254：名無しの冒険者
真っ赤なボアっていうと、ネームドのカリュドスか。初心者の頃《ころ》、仕切り屋の騎士《きし》が得

意げに突進《とっしん》受けて、盾《たて》ぶっ壊《こわ》されながら吹っ飛んでいったのは笑ったｗ

255：名前：名無しの冒険者
あいつか。第一エリアじゃ一番弱いネームドじゃね？　別に今なら倒せても珍《めずら》しくないし、討伐品持っていてもおかしくないだろ。むしろ小さい女の子ってところを詳しく！

256：名前：名無しの冒険者
いや違うんだって。素材になってないカリュドスをそのまま取り出したんだよ！

257：名前：名無しの冒険者
は？

258：名前：名無しの冒険者
はあ？

259：名前：名無しの冒険者

はあぁっ！

260：名前：名無しの冒険者
ちょっ、待て。それってモンスターを捕獲《ほかく》したってことか？　捕《つか》まえて解体すれば素材大量ゲットかもって一時期話題になったよな。狩人《かりゆうど》とか必死に試《ため》して結局無理だったらしいが……おい、どうやったか聞いてこい！

261：名前：名無しの冒険者
女の子にいきなり声かけるとか、俺にはハード過ぎて無理。

262：名前：名無しの冒険者
へたれか。

263：名前：名無しの冒険者
へたれだな。

264：名前：名無しの冒険者
＞＞259
気合いれるところじゃない。可哀想《かわいそう》だからツッコんどくな。

265：名前：名無しの冒険者
＞＞264
サンクス。優《やさ》しさが目に染《し》みるぜ。

266：名前：名無しの冒険者
しかしこれは祭りの予感だな。素材不足が一気に解消するかも。

267：名前：名無しの冒険者
だな。もしレア素材も確定取得だったらアツ過ぎるわけだが。

268：名前：名無しの冒険者
やべ、俺ちょっと生産してくるわ。

269：名前：名無しの冒険者
俺も俺も。

270：名前：名無しの冒険者
俺はその女の子の跡《あと》を……。

271：名前：名無しの冒険者
おまわりさーん！

272：名前：名無しの冒険者
スルーしていたが小さな女の子って珍しくね？　このゲーム生体スキャンでネカマ不可だし、体のサイズもあんま弄《いじ》れんだろ。リアル○学生か？　保護者どこいった。同伴《どうはん》してねえとろくに行動できんだろう。

273：名前：名無しの冒険者

見た感じ一人っぽい。あっ、突然姿が消えた。

274：名前：名無しの冒険者
きっと270の気配を察して……さよならだ、270。

275：名前：名無しの冒険者
安心しろ『あいつならいつかやると思っていました』って証言する準備はできている。

276：名前：名無しの冒険者
お前ら!!

＊＊＊　拝啓《はいけい》　第二の街の雰囲気が最悪です掲示板　＊＊＊

ここは『拝啓　第二の街の雰囲気が最悪です』掲示板です。
用法・要領を守って正しくお使いください。

なお投稿者のＩＤは自動採番し管理しております。

～～

１：名前：名無しの冒険者
ようやく第二の街に着いたと思ったら、ＮＰＣの対応が塩過ぎて涙目《なみだめ》なんだが。

２：名前：名無しの冒険者
お前今の状況を知らずに来たのか？　情弱《じょうじゃく》というか、めでたいというか……。

３：名前：名無しの冒険者
＞＞２
ヒドイ！　でも何か知っているなら教えてくださいお願いします。

４：名前：名無しの冒険者
お、おう。でもその素直《すなお》さは嫌いじゃないぞ。

5：名前：名無しの冒険者
今のはツンか？

6：名前：名無しの冒険者
いやデレだろ。

7：名前：名無しの冒険者
ツンデレじゃねえ！　先にここを拠点《きょてん》にしていた攻略組が街で好き勝手した結果、NPCブチギレ。冒険者一括《ひとくく》りで相手にされなくなって、街なのに街として使えないって状況だ。理解したな、理解しろ。

8：名前：名無しの冒険者
ありがとございます！　でもなんで一括り？

9：名前：名無しの冒険者

それが分かっていたら対策しているだろ、誰かが。

10：名前：名無しの冒険者
マスクデータで好感度とかあっても不思議じゃないよな、オフラインゲームにだってある要素なんだし。ただそれがプレイヤー全員に適用されているっぽいのが謎《なぞ》。

11：名前：名無しの冒険者
ふと思ったんだけど、これ放っておいたらエデンにも伝染《でんせん》するとか、ないよね？

12：名前：名無しの冒険者
伝染って病気じゃないだろ……でも案外ありうるのか？　ＭＷＯ、妙《みょう》なところでリアルだからな。流通の概念《がいねん》あるし、その過程で好感度が伝播《でんぱ》するとか。

13：名前：名無しの冒険者
そうなったらゲームとして成立しないぞ。こっちは金払《はら》って遊んでんだから、詐欺《さぎ》だろもはや。

14：名前：名無しの冒険者
あっ、オレンジ色の髪《かみ》をした女性プレイヤーが道具屋のお姉さんに話しかけている。

15：名前：名無しの冒険者
道具屋のお姉さんっていうと、おさげの可愛《かわい》い子だよな。俺、初めて話しかけたのに『貴方《あなた》は嫌い、話しかけないで』って言われたんだが……。

16：名前：名無しの冒険者
壮絶《そうぜつ》だな……14、第二の被害者《ひがいしゃ》が出る前に止めてやれ。

17：名前：名無しの冒険者
怖《こわ》いからヤダよ！　昔ハンカチ落とした女子に拾って渡《わた》そうとしたら、顔見て泣かれたことあるんだから！

18：名前：名無しの冒険者

>>17
ブワッ。

19：名前：名無しの冒険者
>>17
ツヨクイキロ。

20：名前：名無しの冒険者
って、あれ？　別のＮＰＣが会話に交ざってきたと思ったら、道具屋のお姉さん急に親しげに話し始めたんだけど。

21：名前：名無しの冒険者
なんだと!?

22：名前：名無しの冒険者
ちょっと行ってくる。

23：名前：名無しの冒険者
俺も俺も。

24：名前：名無しの冒険者
……嘘だろ。なんなんだあの満面の笑《え》みは。俺にはあんな表情……くっ。

25：名前：名無しの冒険者
>>24
殺してやろうか？

26：名前：名無しの冒険者
要らねえよ！

27：名前：名無しの冒険者
どうなってんだ？　一緒《いっしょ》にいるおっさんみたいなＮＰＣがトリガーなのか⁇

28：名前：名無しの冒険者
第二の街にそれなりにいるが、見た記憶《きおく》ないな。

29：名前：名無しの冒険者
わけ分からん。好感度は一括りじゃなかったのかよ……。

＊＊＊　第一回公式イベント雑談掲示板　＊＊＊

ここは『第一回公式イベント雑談』掲示板です。
用法・要領を守って正しくお使いください。
なお投稿者のＩＤは自動採番し管理しております。

621：名前：名無しの冒険者
そろそろイベント間近なわけだが、お前らどんな感じだ？

622：名前：名無しの冒険者
第二エリアでひたすらレベル上げ。補給辛《つら》いが、カンスト三十だから間に合うはず。攻略組は高ランク素材集めじゃね？

623：名前：名無しの冒険者
そんなに構える必要あるか？　初めての防衛イベントだし、楽勝だろ。

624：名前：名無しの冒険者
鯖《さば》分けも無いしな。

625：名前：名無しの冒険者
どうせ雑魚《ざこ》ラッシュ適当に流して、大型ボスを倒《たお》せばいいんだろ。

626：名前：名無しの冒険者
攻略組も出るしな、鯖分けしないなら大型ボスが多少強くても一瞬《いっしゅん》で終わりそう。

627：名前：名無しの冒険者
言えてる。祭りみたいなもんだろ、結局。

628：名前：名無しの冒険者
裏でダメージランキングとかもありそうじゃね？

629：名前：名無しの冒険者
そんで追加の報酬、あるいは称号《しょうごう》もらえるとかな。

630：名前：名無しの冒険者
ダメージ重視だとジョブって何が有利？

631：名前：名無しの冒険者

大型ボスには単体に強い戦士、雑魚に魔道士《まどうし》じゃね、範囲《はんい》あるし。スキル次第《しだい》で狩人もありか。

632：名無しの冒険者《ぼうけんしゃ》
そういえば今回のイベント、支援職《しえんしょく》って何でポイント稼《かせ》ぐんだろうな。

633：名無しの冒険者
回復、バフ、デバフなんじゃね？　貢献度《こうけんど》的なもん計算してポイントに割《わ》り振《ふ》るとか。
ただし道化師《どうけし》を除く。あのジョブ使えなさ過ぎ、息してるやついるのか？

634：名無しの冒険者
それならモンスターを倒すじゃなく、モンスターと戦ってでいいと思うんだが。まあ、だからプレイヤー同士協力しろって話か。

635：名無しの冒険者
そうだな。ところで協力できるプレイヤーの当ては？

636：名前：名無しの冒険者
……当日までにはきっと？　多分??

637：名前：名無しの冒険者
ソロ確定か、頑張《がんば》れぼっち。

638：名前：名無しの冒険者
ぼっちじゃない！　ちょっと一人でいる時間が長いだけ！

＊＊＊　エデンの街の窓辺《まどべ》から掲示板　＊＊＊

ここは『エデンの街の窓辺から』掲示板です。
用法・要領を守って正しくお使いください。
なお投稿者のＩＤは自動採番し管理しております。

〜〜〜〜〜〜〜〜〜〜〜〜〜〜〜〜

432：名前：名無しの冒険者
エデンに割と長いこといるんだが、ＭＷＯって女子率低くない？

433：名前：名無しの冒険者
別にＭＷＯだけじゃなくね？　ＶＲＭＭＯやっているのって男の方が多いだろ。

434：名前：名無しの冒険者
ネカマを許しているかの違《ちが》いだな。ＭＷＯは生体スキャンっていうネカマ泣かせがあるから……。

435：名前：名無しの冒険者
>>434
そっか、お前ネカマやりたかったんだな。タイとかいいらしいぞ？

436：名前：名無しの冒険者
＞＞435
リアル性別変えないよ!?　そもそもネカマしたいわけじゃないから！

437：名前：名無しの冒険者
＞＞434
隠《かく》さなくていいって。受け入れてくれるさ、きっと俺以外の誰《だれ》かが。

438：名前：名無しの冒険者
434のネカマ希望は置いといて、ネカマ不可は女子率が低く見える一因ではあるな。

439：名前：名無しの冒険者
もっと世界に彩《いろど》りを！　あと幼女《ようじょ》、幼女プリーズ！

440：名前：名無しの冒険者

>>439
通報しました。

441：名前：名無しの冒険者
>>439
おまわりさんあいつです。

442：名前：名無しの冒険者
MWOじゃ十二歳《さい》以下は保護者と一緒に行動するのが義務付けられているからな。ちびっ子が遊ぶにはハードルが高い。諦《あきら》めろ。

443：名前：名無しの冒険者
そんな！　なんのためにMWOを始めたと……。

444：名前：名無しの冒険者
いや普通《ふつう》に遊べよ、普通に。

445：名前：名無しの冒険者
そんなこと言ってお前らも嫌《きら》いじゃないだろ、ちっさい子！

446：名前：名無しの冒険者
黙秘《もくひ》します。

447：名前：名無しの冒険者
黙秘します。

448：名前：名無しの冒険者
黙認《もくにん》します。

449：名前：名無しの冒険者
＞＞448
同志！

450：名前：名無しの冒険者
そんなお前らに朗報《ろうほう》だ。神は、いた。

451：名前：名無しの冒険者
なんだよ神って、詳細《しょうさい》を言え。

452：名前：名無しの冒険者
身長百四十センチくらいで黒髪《くろかみ》ロング、小さくて細くてくっそかわいかった。あれ○学生だろ。冒険者ギルド前を通って西に向かっている。

453：名前：名無しの冒険者
たまたま近くで露店《ろてん》している俺がいるのによくそんな釣《つ》り……神はいた。

454：名前：名無しの冒険者
おいスクショねえのか！

455：名前：名無しの冒険者
https://www.pixpix.net/shot/2358157

456：名前：名無しの冒険者
！

457：名前：名無しの冒険者
!!

458：名前：名無しの冒険者
なんだこのクオリティは！

459：名前：名無しの冒険者
クオリティ言うな。しかしこの見た目でワイシャツっぽいトップスに、青？　紺《こん》か？
ロングスカートの組み合わせがたまらん。

460：名前：名無しの冒険者
だよな！　服装だけ見ると大人っぽいんだが、ボディーが幼女過ぎてそのアンバランスさがこう……くそっ、俺の粗末《そまつ》な語彙力《ごいりよく》じゃ上手《うま》く言い表せられん。

461：名前：名無しの冒険者
大人っぽいのは同感。女教師感さえ漂《ただよ》う。

462：名前：名無しの冒険者
幼女の、女教師……。

463：名前：名無しの冒険者
つまり幼女教師《ようじょきょうし》？

464：名前：名無しの冒険者
悪くないが、もう一捻《ひとひね》り欲《ほ》しいな。

465：名前：名無しの冒険者
あのシャツ、もっと丈長《たけなが》かったら白衣っぽくも見えね？

466：名前：名無しの冒険者
つまり保健室の先生と言いたいのだな貴様は……ありだ。

467：名前：名無しの冒険者
確か、養護《ようご》教諭《きょうゆ》って正式名称《めいしょう》あるぞ。略称《りゃくしょう》は養教《ようきょう》。

468：名前：名無しの冒険者
全てが一つに繋《つな》がったな……幼女教諭《ようじょきょうゆ》。略称は幼教《ようきょう》。
異論は認めん。

469：名前：名無しの冒険者
異議なし！

470：名前：名無しの冒険者
異議なし！

471：名前：名無しの冒険者
よし、者共別スレに移動するぞ！　新しいスレの名は『幼教信者の集《つど》い』だ!!

幕間三▼▼真里姉と弟妹だけの夜

日付を跨《また》いだ、午前一時。

俺《おれ》はだだっ広いリビングで、無駄《むだ》にでかい輸入物のソファーに座《すわ》り、真里姉の一日のモニタリング結果をディスプレーに映し確認《かくにん》していた。

モニタリングしているのは体温、血圧、心拍数《しんぱくすう》、酸素《さんそ》飽和度《ほうわど》など無数の項目《こうもく》。昔はそういったデータを取得するために専用の装置を身に着ける必要があり、装着者には結構な負担だったらしい。

しかし今は装置が進化したおかげで、ベッドに埋《う》め込まれたセンサーにより殆《ほとん》どのデータを取得でき、取得された大量のデータはリアルタイムでＡＩが分析《ぶんせき》、異常があれば即座《そくざ》にアラートを鳴らし知らせてくれる。

だから俺がこうしてモニタリングの結果を確認する意味は、実の所ない。

意味はないが、しないと落ち着かない。習慣というか、癖《くせ》のようなものだ。

あるだろ？　通知もないのにスマホをチェックしてしまう、それと似たようなものだ。

俺の場合、通知がないことを確認するためにチェックしているのが、違いっちゃ違いか。

俺がディスプレーに目を向けていると、間隔《かんかく》を空《あ》けてソファーが沈《しず》み込む感触《かんしょく》があった。

この時間、リビングへ来るのは俺を除いて一人だけだ。

「真兄《まさにい》、またお姉ちゃんのストーキング？」

「言い方に悪意しかねえな⁉　もっとあるだろう、他に適した言葉が」

「ふーん、たとえば？」

「それはほら、あれだ……見守り？」

「さすがシスコンを拗《こじ》らせた真兄の言葉選びは一味違うね！」

「シスコンじゃねえ！」

「まあ、真兄のシスコンは今に始まったことじゃないから置いといて」

この生意気な妹は……いつか絶対に見返してやる、ただし金銭面以外で。

「お姉ちゃん、眠《ねむ》れている？」

ディスプレーで脳波の項目を見ると、ステータスがノンレム睡眠《すいみん》、つまり熟睡中《じゅくすいちゅう》となっていた。

「ああ、良く眠っている」

「そっか……ここ半年、お姉ちゃん毎晩うなされていたじゃない？　ずっと心配していたんだ」

「ＡＩのアラートが鳴り止《や》まない夜もあったな」

「だね……でもここ数日、お姉ちゃんが眠ってからアラート、鳴ってないよね？」

「さっき過去分含《ふく》め確認したが、鳴っていない。睡眠中の脳波も安定しているし、普通に寝《ね》られているってことだ」

「それってさ、やっぱりゲームの影響《えいきょう》かな？」

ゲームを勧《すす》めたのは俺だが、真里姉に息抜《いきぬ》きが必要だと感じ、実際にゲームをするためのお膳立《ぜんだ》てをしたのは全部真希《まき》だ。

真里姉が苦しんでいるのは知っていたが、俺は何もできなかった。理学療法士《りがくりょうほうし》の勉強をしながら、メンタルケアについても学んでいたのにだ。

だが真希はできた。その手の勉強をしていないにも拘《かか》わらず……。

正直、俺にはそれが悔《くや》しくて堪《たま》らない。けどここで嫉妬《しっと》丸出しの言葉を吐《は》くようじゃ、俺はクソ以下だ。情けない心の内は、兄という面《つら》の下に隠し、後で俺独りの時にのたうち回ればいい。

「だろうな、他に思い当たる変化がねえ。しかし前から思っていたんだが、お前あれ、どうやって手に入れたんだ？　倍率百倍ってどんだけだよ」

「う～ん、真兄ならいいか。Mebius World Onlineを作っている会社ってさ、私が一部出資《しゆつし》しているんだ」

「へえ、出資……出資⁉」

驚愕《きようがく》の事実に思わず声が上擦《うわず》った。

「そんなに驚《おどろ》くことじゃないよ。有望な会社にいち早く出資するのは基本だもん。今回はその出資者特典みたいな感じかな。Mebius World Onlineが、元は医療用《いりようよう》に研究されていた物をベースにしているって、真兄知っている？」

「真里姉がやるもんだから、一応な」

「さすがシスコン真兄」

「おい」

こいつは俺をシスコン扱《あつか》いしないと気が済まない病気か何かなのか？

昔のこいつはもっと……いや、あんま変わらんか。

引《ひ》き籠《こ》もっていた時も、俺にだけは容赦《ようしや》なかったしな。

「でさ、出資する際お姉ちゃんの状態を伝え、相談していたんだよね。現実ではないとしても、体の自由を取り戻《もど》す方法はないかって」

「そしたらソフトが送られてきたわけか」

「そういうこと」

まったく、なんつう行動力だよ。どうせ有望な会社だから出資したっていうのは建前《たてまえ》で、真里姉のためになりそうだったから、が本音《ほんね》だろう。

「凄《すげ》えな、お前」

「わたしはこれしかできないからね。でもお姉ちゃんのために、将来を決めたのも同然な真兄も凄《すご》いと思うよ？　重度のシスコンがちょっと気持ち悪いけど」

「おまっ、いい加減に！」

「でもさ、やっぱり一番凄いのはお姉ちゃんだよね」

「…………まあな」

荒《あら》らげかけた言葉を止めて、頷《うなず》いてしまう。その切り返しは卑怯《ひきょう》だろう。

「わたしさ、いじめにあって引き籠《こ》もっていた時、死のうと思ったんだ。お母さんが死んじゃってから、お姉ちゃんは学校やわたし達《たち》の世話だけでなく、バイトを掛《か》け持ちして毎日大変そうで……わたしが死ねばその分お姉ちゃんが助かるって、本気でそう思ったんだよね」

「真希……」

「でもそんなわたしに、お姉ちゃん、扉越《とびらご》しに毎日優《やさ》しく話しかけてくれてさ。そしていつも、最後にこう言うんだ。『聞いてくれてありがとう。真希がいるから頑張れるよ』って。わたし、さ、その言葉だけで……もうっ、ね」

俺はそっとディスプレーのミュートを解除し、真里姉の心電図《しんでんず》の音をスピーカーから流した。ただの電子音のはずなのに、一定の間隔で流れるそれは、ぽたぽたと落ちる湿《しめ》った音をどこか温かく包み隠しているかのようだった。

ったく、こいつの前ではまだまだ兄としての面は外せそうにないな。

「自分一人でも辛い時に、誰かに優しくできるって、簡単にできることじゃねえよな。その誰かが家族だとしてもだ。俺は今そっち方面勉強しているから、けっこう聞くんだよ。大事な相手でも世話をするのに疲《つか》れて、『こいつさえいなければ』って思うようになっちまうことが少なくないって。ガキの頃なら言っている意味が分からなかったと思うが、今なら理解はできる。もっとも、共感はしねえけどな」

言葉を区切り、俺は自分に言い聞かせるように言葉を続けた。

「俺達《おれたち》は真里姉が支えてくれたから、立てるようになった。けど真里姉は、こう言うと否定すんだろうけど、たった独り、しかも俺達を支えながら立っていた。凄えよ、本当」

「ぐすっ……本当だよね」

真希は一頻《ひとしき》り感情を吐き出し落ち着いたのか、俯《うつむ》いていた顔を上げると、俺を弄《いじ》る時に見せる小生意気《こなまいき》な表情に戻っていた。

「そういえばお姉ちゃん、ゲームの中だとどんな感じなのかな？」

「真里姉のことだからな、真里姉してるんじゃねえか？」

「ああ、なんか凄い納得《なっとく》しちゃった。お姉ちゃんだもんね」

俺と真希は同時に肯《うなず》き、少し笑った。

「名前はどんなのにしたの？」

「確かマリアだな。名字の秋月《あきづき》のあを、名前の真里の後ろにくっつけただけって言っていたぞ」

にしてもマリアなんて、真里姉より先に誰かが付けてもおかしくない名前、よく登録できたな。あの手のゲームだと、同じ名前は登録できないと思うんだが。

「さすがお姉ちゃんセンス……やっぱり事前に根回ししておいて良かった」

何か不穏《ふおん》な言葉を続けなかったか、妹よ？

「それならさ、ネットで検索《けんさく》したら出てきたりして！」

「ゲーム初心者だぞ？　話題になるようなことなんてあるか？」

「分かってないなあ真兄は。お姉ちゃんの容姿《ようし》で目立たないわけないじゃん。お姉ちゃんの前では絶対言えないけど、年齢《ねんれい》に対する見た目の幼さが規格外だと思うんだ」

「そう言われると納得というか、なんかすっげえ不安になるな」

「でしょう？　だから検索してみよう！」

真希がディスプレーの表示を分割《ぶんかつ》し、画面の半分にネットの検索画面を表示させる。

検索欄《けんさくらん》に入力した単語は【Mebius World Online】【マリア】【小さい】。

おい妹、最後の単語はいいのか？

しかし検索の結果、マリアという名前が表示されることはなかった。

「おかしいなあ、絶対ヒットすると思ったんだけど」

「いやちょっと待て。なんかこっちに小さいとか、◯学生とかそれっぽい単語が並んでいるぞ。掲示板《けいじばん》か？『エデンの街の窓辺から』ってあるな」

「ほんとだ。あっ、画像のリンクを発見……ってここに写っているの、髪と目の色を変えているけどまんまお姉ちゃんだよ！」

「マジか。身バレとか危ないから気を付けろって言ったのに」

「それより真兄、こいつら何？　お姉ちゃんのこと幼女教諭《ようじょきょうゆ》とかキモい呼び方しているんだけど。やっちゃう？　やっちゃっていいよね⁇　大丈夫《だいじょうぶ》、お金の力で社会的にやっちゃうだけだから」

「お前のそれは洒落《しゃれ》にならん！　って言っている傍《そば》からハッカーに依頼《いらい》かけようとするん

じゃねえ!!　そもそもどこで知り合ったんだそんな連中!!!」

結局その夜、真希を止めるのに必死で声を荒らげた俺は、真里姉の呼び出しを受け『うるさい！』と怒《おこ》られた。ちなみに真希は気配を消し、逃《のが》れていた。

この妹、覚えていろよ。そんな悪党《あくとう》が吐く捨《す》て台詞《ぜりふ》を胸に、俺は真里姉の説教に耐《た》え続けた……。

幕間四▼▼真里姉と秘めた想い

夢を見ていた。

なぜ夢だと分かったかというと、そこには病院のベッドの上で冷たくなった母さんと、泣きじゃくる真人《まさと》と真希《まき》の姿があったから。

私はぎゅっと弟妹の手を握《にぎ》り締《し》め、泣かず、気丈《きじょう》に振る舞《ま》っているように見える。

けれど実際は、その前日に弟妹の居ない所でひとしきり泣いていた。

涙枯れる程に、心が死んでしまう程に、ね。

だから泣かないのではなく、もう泣けなくなっていた、それだけのことなんだ。

そしてこの時、両手に託《たく》された二人の温《ぬく》もりだけが、私が生きる唯一《ゆいいつ》の理由だった。

母さんが死んで、学校と弟妹に関わること以外の時間を、私はアルバイトに費《つい》やした。

弟妹は、私が二人を養うために頑張ったと思っているようだけれど、半分だけ正解。

もう半分は、弟妹には言えない私だけの秘密。

それは私があえてそうしていた、ということ。

弟妹のために、という部分じゃないよ?

私は弟妹のためにすることで、それを苦しく思ったことは一度もない。

むしろ弟妹がいてくれたから、私は動くことができた。

動いて、動き続けて……独りで考える時間を持たないでいられたのだから。

現状に対する焦《あせ》り、先への不安、死んだ母さんへの悲しみに、あの人への……そんな負の感情に陥《おちい》るのを避《さ》けたくて、私は私でいられる時間をできるだけ削《けず》った。それこそ、弟妹が心配するくらいに。

でもあの当時、そうしなければ私の心は潰《つぶ》れてしまい、一度動きを止めたが最後、二度と動けなくなったんじゃないかと思う。それに比べ真希は自分の力で立ち直り、今や途方《とほう》もない額のお金を稼ぎ私達の生活を支えてくれているのだから、本当に凄いと思う。

真人も自分の道を決めて、とても頼《たの》もしく感じられる。ただ姉としては、もう少し外に目を向けてもいいんじゃないかと、思わなくもないけれど。

そんな二人の姉である私は、私は……どうだろう?

一人では満足に動くことも、ううん、生きることもできない体。

こんな私に生きる意味があるのかと、これまで何度も自問したけれど……。

その時、不意に夢の中の光景が揺《ゆ》らぎ、MWOで出会った人達が私を囲むように現れた。

子供達と一緒《いっしょ》に微笑《ほほえ》んでいる、エステルさん。

おっとりとした笑《え》みを浮《う》かべながらも素早《すばや》い蹴《け》りを見せる、ルレットさん。

強烈《きょうれつ》なウィンクを飛ばし周囲を悶絶《もんぜつ》させている、カンナさん。

言葉遣《ことばづか》いは荒っぽいけれど、どこか不器用な優しさを感じさせる、マレウスさん。

元気良く鳴いている、新しく家族になったネロ。

皆《みんな》の活《い》き活きとした姿を見た瞬間《しゅんかん》、そんな皆と関わり、何かしら力になれたのかなと思ったら、私は自分に対し少しだけ生きることを許せそうな気がした。

一度は完全に停滞《ていたい》した私だけれど、もうちょっと足掻《あが》いてみよう。暗く長いトンネルの先に見える微《かす》かな光の方へ、たとえ歩けなくても、這《は》ってでも……。


心に小さな明かりが灯《とも》るような、そんな夢現《ゆめうつつ》の中。

このまま心地《ここち》よく、再び意識を手放そうとした矢先。

「それより真兄、こいつら何？　お姉ちゃんのこと幼女教諭とかキモい呼び方しているんだけど。やっちゃう？　やっちゃっていいよね⁇　大丈夫、お金の力で社会的にやっちゃうだけだから」

「お前のそれは洒落にならん！　って言っている傍からハッカーに依頼かけようとするんじゃねえ!!　そもそもどこで知り合ったんだそんな連中!!!」

昔住んでいた家なら、確実に近所迷惑《めいわく》になる程《ほど》の大声が聞こえてきた。

…………この弟妹は。

久しぶりに感じた心地よさが、眠気《ねむけ》と共にあっという間に吹《ふ》き飛んだ。

代わりに、怒《いか》りという名の火が心に灯る。

……母さん、見ているかな？

とても大事な弟妹のおかげで、私はなんとかやっていけそうだよ。

それを証明するために、今から数年振りくらいの大声を出すからね。

私はなんとか腕《うで》を持ち上げ、ベッドに備え付けられたブザーを押《お》し弟妹を呼んだ。

こうして、私の長い夜が始まるのだった……。

あとがき

書籍となったことで本作を知り、お読み頂いた皆様、初めまして。

Ｗｅｂ版でお読み頂き、その上で書籍としても手に取って頂いた皆様、改めまして。

風雲《かざくも》　空《そら》と申します。

まずはお手にとって頂いた皆様に、感謝を。ありがとうございます。

この物語は、現実の空気感とそれに対する私の想《おも》いを反映した御伽噺《おとぎばなし》のような物です。

主人公である真里《マリア》に、特別な力はありません。

身体能力に恵まれているわけでも、学力が優秀というわけでもないのです。

またその言動は、やろうと思えば誰にでも可能だと思っています。

誰にでも可能だと思っていますが、私達が住む現実世界において、可能であることと、
それができるかどうかの間には、得てして大きな隔《へだ》たりがあるものです。

その隔たりを無意識に飛び越えることができたら……そんな想いを託《たく》し、真里という人物は生まれました。

某有名小説投稿サイトに本作を投稿したのが、あとがきを書いている丁度一年前。
本当に多くの方に読んで頂き、ご感想、ご支援頂いたことで、私はここまで書き続けることができました。本来であれば皆様のお名前をここに載せたいのですが、誤字脱字等《とう》の指摘を頂いた方には名前の分からない方もいらっしゃり、断念致しました。
よって万感《ばんかん》の思い籠《こ》め、皆様お一人おひとりに向けた言葉を、贈《おく》らせて頂きます。

「あなたのおかげで、この物語は生まれ育《はぐく》まれました。心から、ありがとう」

書籍化に際し素敵なイラストを描いてくださった、藻様。
校閲《こうえつ》後の原稿を二度真っ赤にしたにも拘《かか》わらず、温かく見守って頂いたホビージャパン担当編集者N様、小林様。普段の遣り取りで伝えさせて頂いてはおりますが、改めて御礼申し上げます。

また特別な感謝として、二人の方に触れさせて頂くことをお許しください。

本作が飛躍する切っ掛けとなった方であり、下読み活動されていた、メモリア様。

Ｗｅｂ版にて、心象風景ともいえる繊細な扉絵を描いてくださった絵師様。

書籍化において、この方々との縁《えん》があったおかげで、私は物語の質を妥協することなく高めることができました。私は、この御恩を忘れることはありません。

ありがとう、ございました。


さて、ここまでお付き合い頂いた方にはちょっとしたサプライズです。

あとがきを書いている一巻発売前において、二巻の発売が既に確定しております。

また本作のコミカライズも確定し、有り難くもスクウェア・エニックス　マンガＵＰ！様にて連載頂くこととなりました。

コミカライズを担当されるのは漫画家、綾瀬様。帯で少しご覧になった方もいるかもしれませんが、描かれる漫画は素晴らしく、ネームを拝見した際、私は感動で震えました。

小説とは違う漫画ならではの良さを、存分にお楽しみ頂けると思います。

さて、名残惜しくはありますがこの辺で。これからもお付き合い頂けたら幸いです。

２０２１年１月25日　風雲　空

ブリュンヒルド王国に突如現れた巨大な飛行船。
それはゴレムの技術者集団『探索技師団《シーカーズ》』だった。
フォンとともに。24
2021年6月発売予定！

目的は鉄鋼国ガンディリスに眠る『方舟《アーク》』を
目覚めさせるために王冠が必要とのこと。
あらたな冒険が今始まる――!!
異世界はスマート
冬原パトラ
illustration■兎塚エイジ

HJ NOVELS
HJN55-01

Mebius World Online 1
～ゲーム初心者の真里姉が行くVRMMOのんびり？体験記～

2021年4月19日　初版発行

著者――風雲 空

発行者―松下大介

発行所―株式会社ホビージャパン
〒151-0053
東京都渋谷区代々木2-15-8
電話　03(5304)7604（編集）
03(5304)9112（営業）

印刷所――大日本印刷株式会社

装丁――AFTERGLOW／株式会社エストール

ISBN978-4-7986-2443-3　C0076